# 男色大鑑

井原西鶴
富士正晴＝訳

角川文庫
21923

# 男色大鑑

## 目次

## 武士編

歌舞伎若衆編

日本書紀*をわが愚かしい眼でのぞくと、天地がはじめて出来た時、ひとつのものが生じた。形は葦(あし)の芽の如く〔トンガッテ立ッテイテ〕これすなわち袖(そで)となる。国常立尊(くにのとこたちのみこと)という。それより三代は陽の道ばかりで、衆道〔男色〕の根元をあらわした。天神四代からして陰陽みだりに交って、男女の神が出て来られた。何ということか、下髪(さげがみ)のむかし当世流のなげ嶋田(しまだ)、梅花油くさいのを浮世風に、しゃなりしゃなりの柳腰、まっ赤の腰巻に、惜しや、眼を汚した。これらは美少年のいない国のまに合わせ、隠居のおやじのもてあそびのたぐいにちがいない。血気さかんな時、ことばを交すべき相手ではない。みんな若道〔男色〕の有難き門に入る事がおそいぞ。

貞享(じょうきょう)四年の年丁卯(ひのとう)正月

# 武士編

# 色はふたつの物あらそひ　（第一巻）

　天照大神が神代のはじめ、浮橋の河原にすんだ尻引〔セキレイ、イツモ尻ヲヒヨコヒヨコ上下ニ動カセテイル鳥〕という鳥がおしえて、衆道にもとづいて、*日の千麿の尊を愛された。〔コノコロ天照大神ハ男神トミナサレテイタ、近松門左衛門ニモソウ扱ッタ例ガアル、吉田神道ニヨルトイウ〕よろずの虫までもみな、尻からつがう形をあらわすから、日本を蜻蛉国〔アキツ島・トンボノ島〕ともいった。

　ところが、素戔嗚尊が年老って不自由なままに稲田姫にたわむれ、それからは世にかしましい赤子の声、産婆、仲人口鼻も出て来、嫁入だ長掛だ葛籠だと、二親の難儀となったよ。男色ほど美しいもてあそびはないのに、今時の人はこのすばらしさを知らない。

けれど、若道の奥深さについては和漢にその例がある。衛の霊公*は弥子瑕に命をまかせ、高祖は籍孺に心をつくし、武帝は李延年と枕をかわすことに決めていたという。我が国でも、むかし男ありけりの業平は、伊勢の弟の大門の中将と、五年にも余る念友で、この年月のうちに、花さえ見ぬ春、秋の名月もわすれ、どうにも制せられぬ情熱のためには雪をかぶり、嵐を袂に入れ、氷の橋をわたり、吼えつく犬には焼飯をやり、穴門に合鍵をつくり、月のない夜にも星の光をうらみ、蛍のひかりをにくみ、下僕の涼み捨てた腰掛とやらいうものに坐って、足は蚊で血だらけ、これにもあかず、曙のくるのを悲しみ、前髪は風に吹かれてばさばさだが、あちこちにばらばらき鳴たてる鶏に、降りはせぬが雨かとばかりの泪、それをすぐに硯にそそぎこんで、筆に思いを書きつらね、通台集と名付けて、この事を一巻に残したのに、どうしてこれは見捨てて、なんでまた、業平の奴は女の事を物語につくったのか。

そこで大門の中将は、伊勢物語ではないが「初冠りし〔元服〕」ても、奈良の都へは行かず、不人情の兄貴分を見かぎり、「若紫」の帽子を着た、これが野郎歌舞伎の元祖だろう。なおまだその後姿は若い桃の春愁といったよそおいで、垂れた柳が風を含んでなよなよするのと同じである。毛嬙、西施といった美女でも恥じただろう。

なお、男盛になって業平も根は美少年を好いているのに、世間で彼のことを陰陽の神などいう事が、草葉のかげで、さぞ口惜しかろう。又、吉田の兼好法師も、清少納言の甥の清若丸にやった千度の通わせ文は人も黙認したが、一度だけ艶状〔ラブレター〕を高師直にたのまれ書いたのについては、浮名が末の世まで止むことがない。

人みなおそるべきはこの色の道である。わたしが生れた、その時今の知恵があったら、女の乳は呑まなんだろう。米の粉、甘葛の汁で、人間が育った例は沢山ある。とにかく男世帯で、住所を武蔵の江戸に極め、浅草の隅っこに借り地をして、世の愁い喜び、人の治乱も知ったことかと、不断は門をとじて、朝飯前に若道根元記の講釈、人生の裏表知るに至る四十二歳まで、諸国をたずね、一切衆道のありがたい事々を、残らず書き集めて男女の差を論じよう。

十一、二の娘がはや姿を気にして前後を鏡で見ているのと、同じ年頃の少年が歯をみがいているのと、女郎にふられて床にいるのと、痔のある歌舞伎子としめやかにかたるのと、肺病やみの女房の相手しているのと、切々と無心をいうてくれる若衆をもっているのと、歌舞伎若衆を買うて遊ぶ座敷へ水雷〔火事ニナラヌ雷〕がおちるのと、女郎とまだ心も通わぬうちに死んでくだされいと剃刀を出すのと、バクチにまけてのあくる日安女郎狂いするのと、値下りのものを高買いしてしまって旅かせぎの蔭間にその話をするのと、入聟して宵から寝て次第にやせてくるのと、主人の子と男色のちぎりをむすび昼ばかり顔をみるのと、六十あまりの後家が紅い腰巻して小判を数えているのと、半元服の髪のが木綿帯して昔の誓紙〔男色ノ〕を見ているのと、島原通い

〔遊廓〕しすぎて質入れした家屋敷が流れるのと、道頓堀〔芝居〕ぐるいがすぎて御城米借りてその期限がせまるのと、怪談の百物語で若衆の化物が立ち現われるのと、離縁した女房が金をねだりに戻ってくるのと、楽屋帰りの役者の編笠の中のぞくのと、おいらん道中でついている禿においらんの位をきくのと、高野坊主の小姓になるのと、隠居の妾になるのと、竈払いの巫女〔女色ヲ売ッタ〕が男ばかりの家をと心に掛けるのと、伽羅油の売子少年〔男色ヲ売ッタ〕が仲間部屋をいやがるのと、歯黒をつける女の口もとと、若衆の髭ぬく手もとと、知らぬ揚屋の門で雨やどりをするのと、稚子宿が闇に提灯かさないのと、湯女とねんごろにするのと、一

月契約の若衆のことをしのぶのと、遊女をうけ出すのと、野郎に家を買ってやるのと、吉原の太鼓に羽織かすのと、四条河原の役者の草履取に小粒銀をあずけておくのと、新町へ盆前にいって遊女とねんごろになるのと、芝居の顔見せ前に役者と情ふかくなるのと、茶屋女菓子喰うのと、香料売りの若衆の秤目せせっているのと、川御座船に太夫子のうしろ髪が見えるのと、花見かえりの女中の乗物に鹿の子のつま先が見えるのと、上下を着た少年の小者に書物もたせ行くのと、ゆったりした腰元の端下に時代蒔絵の文箱持たせ行くのと、大名寵愛の小姓が大書院に坐ったのと、御所女郎のしどけない立姿と、もう元服して着物の脇をふさいだ若衆に状をつ

けて笑われるのと、大ふり袖（そで）の女にほれられて流し目で見られるのとは、どっちか、ふたつにひとつをえらぶのならば。

その女が美人であって心立よく、その若衆がいやな感じで鼻そげであっても、一口に女道衆道を語る事はもったいない。

大体女の心というものを例えていえば、花は咲きながら藤づるのねじれているみたいなものだ。若衆は針がありながら、初梅同然で、何ともいえぬいい匂いが深い。この点で、分別すれば、女を捨てて男に傾くべきである。

この道の浅からぬところを、あまねく弘法大師（こうぼうだいし）〔世ニ男色ノ開祖トイワレル〕がひろめたまわぬのは、人種（ひとだね）を惜むからで、末世の衆道を見通したもうたのだ。

この気が盛んな時は命を捨てるがいい。なんでまた、「好色一代男」だなどいって、多くの金銀をもろもろの女についやしたのだろう。只（ただ）、遊興は男色にこそ限るのだ。さまざまの姿を写して、この大鑑に書きもらすまいと、「難波（なにわ）は浅江の藻塩草」と書き集めた。「片葉の蘆（あし）のかた耳」にと小耳にはさんだものだが、これをみな聞き流す世なのだろうか。

# 此道に。いろはにほへと

（第一巻）

角屋敷ばかり六カ所、大名貸しの証文まで、腹ちがいの弟に譲り、都は地車の響、天秤の音さえ物やかましいのに、朝夕薪を売るのも女の声なのに聞きあき、賀茂の山陰に北を見下し、綾椙の林立する東には洞穴を作っている蔦紅葉があり、西には自然と成った岩組があって引き水が清く、南は松が高くて、夜は葉越しの月がさぞよかろうと思われたので、ここに場所を見立て軒は笹ぶきにして、心に懸る雲もないけれど、折ふしの時雨に、濡れの道〔衆道〕は忘れているが忘れているのではない。今でも美少年は訪ねてほしいなと、我が枕の淋しいことはかねて合点している身にも、寝覚の千鳥が物かなしく、川音は耳にせわしいが、「老の浪立つ影は恥かし」と読まれた石川丈山*入道の住んだのもこの奥の方の流れだ。岸根なめらかに野飼の牛の食い残した方の草まで枯れ果てて、雪におのずと道が絶えてたが、豆腐醤油にもことかくというだけである。組戸をさし籠めて、「川原の顔見世芝居も今頃だなあ」と入れ替る若衆方を思いやるばかりなのだが、その頃が過ぎてなお冬めくと、都では人の足音もいそがしく、裏白かついだ者の声や、餅突、請求書となる。今の得はそれをしらずに、万事は大晦日の闇の夜もあけ、春を知らせる鶯のさえずりに、南の枝の花がひらくようにはじめて障子を開き、霞のうちに匂う油をおのれの鬢になでつけての男前、さて誰に見しょうかのう。

春は深まり山は浅く無用の桜が咲いて、人々が嫁やら後家らしい姿もまじえて、清水、仁和寺の花だけでは見足らぬのか、この片陰に来て、緑の林を酒びたしにする。それでも憎いのに色っぽい女を塩もらいによこす。ないとてやらない。その後箸借りにくる。面は見るが返事もしない。ようよう西日になって、樽は口をせずこかし、水風呂の湯も捨て下男も手廻しよく片づけると、女はがやがやと木綿足袋をぬいで袂に入れ、銀の笄を楊子にさし替え、櫛も鼻紙袋におさめ、紅の腰巻を内懐にまくり上げ、上着の襟の汚れるのを悲しんで、首筋を抜き衣紋にし、木の枝にかけておいた木地笠をそれぞれ取って、急ぎゆく暮の面影は今朝とくらべて見ぐるしく、町の女房のよろしからぬ事ばかり目にかかった。帰りぎわに生垣よりのぞき、肴懸けの鉤を見て、出家でもないが女を見ぬ顔しよると声高に叱る。

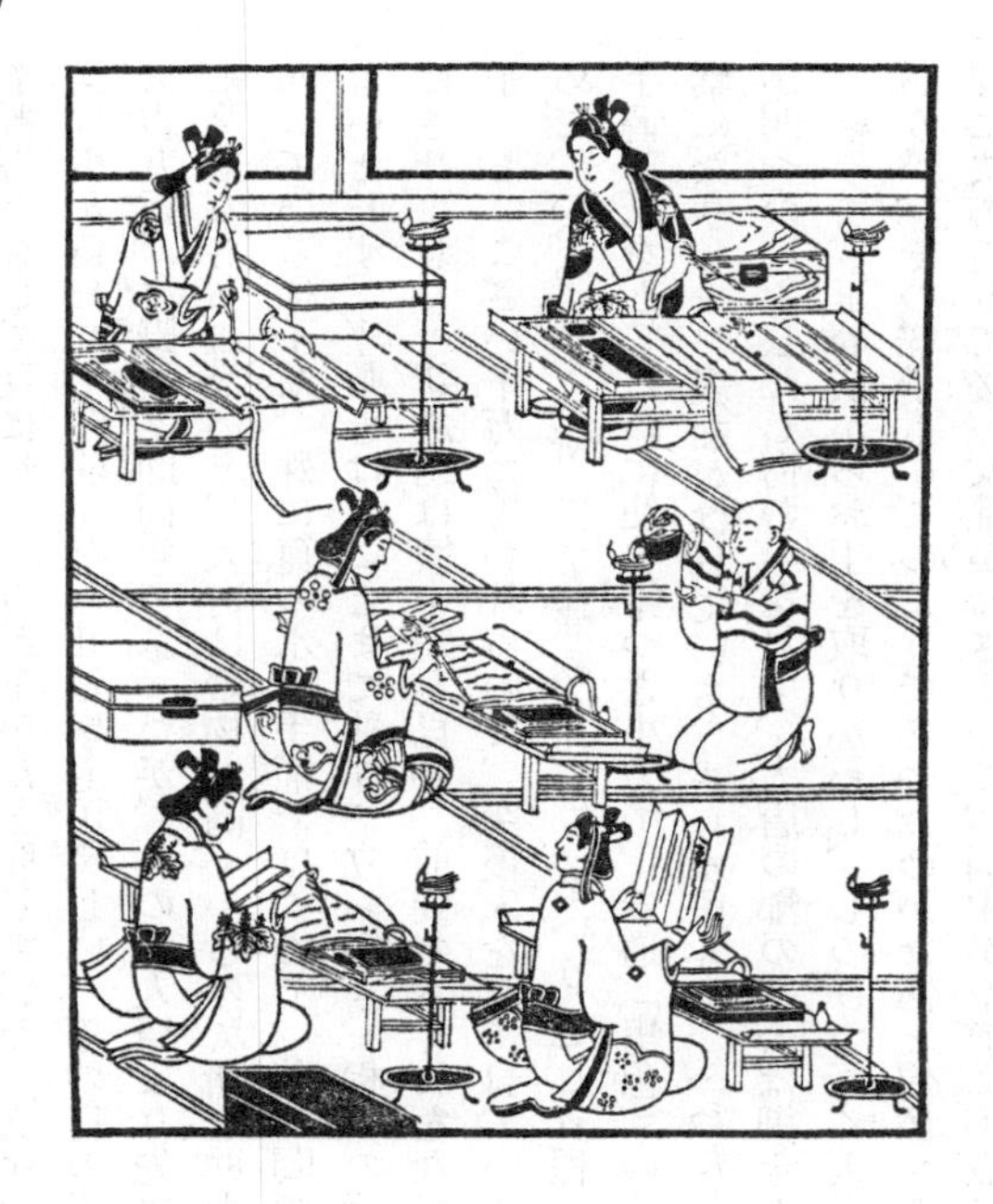

そのはずだ。わたしが女好きなら、月鉾の町*に立派な入聟の縁もあったのだがこれまで取り合わず、それのみでない、修学寺への行幸に御所の乗物に付く女達の、紫に四つ紋の後帯、玉むすびの黒髪が見えるのもうっとしくて、北の方の窓をぬりふさいで、日影草のように甲斐ない身であったが、一方に楽しいこともあって、里近い子供らに童子経を教え、手習屋の一道と名によばれて、年月をおくった。

折柄、弥生〔陰暦三月〕十四日の空おぼろ気な暮れ方より夜習いをしたが、明日の予習書きをして互にわしの方が下手だと恥じていた。文字を書き落せば鯨尺で叩かれ、又は机を負わせて門前を廻らせる事も可笑しい。その日の当番は下賀茂の地侍、篠岡大吉九歳、小野新之助同年であったが、この両人皆より先に来るのに、道橋が弱く暮に渡るのもあぶないと、大吉は着物を高くからげて新之助を背負って川を越し、いたわっている様子だ。殊に筧の水も手桶ではこんで、茶の間で火をたきつけ、落葉の煙もいとわず、座敷をはくことまで独りで立ち働き、相番の新之助には万事すきなようにさせておく。新之助は懐中鏡を見て、前髪のおくれをなで付け、おやつしをする様子、ちょこざい千万に思われるので、空寝入をして見ていると、大吉の手をにぎりしめて、「いつぞやの所は今も痛みますか」という。「これ程のことは」と肩をぬぐと、手習草紙をとじるのに使う錐つき小刀で、若道〔男色〕の約束の印に肱を刺した跡が紫になり、少し表面がはれている、それを思うと、「わたしゆえのあなたの疵」と泪が四つの袖をしたし悔むのを見て、大唐の鄭の荘公は御年も幼なかった時、子都を愛し給うて、玉の袂からお手を取りかわし、しのびで行く天子の御車を留めたもうたというが、その様子も、このようであったのかなあと想像する。魏の哀王は竜王君を念友に決められて後、女乱がおさまって、国中が衆道に美点があることを知ったとか。自分はこの道を深く好むから、自然と若い頃からわきまえていて、浅くない心ざしを末まで見届けていると、二本の枝が連って木理が通じているが如き、又、一身に二つの頭がついている鳥のような語り合いで、あきれたことに頭をならべたまま一刻も離れはしない。

それから、若衆盛になると、二人の美形にひかれて、僧俗男女あれもこれも、沢山恋わずらいして、こがれ死ぬものもその数がわからぬ。

その頃、鹿(しし)が谷(たに)の奥に念仏の行者が住んでおられた。八十余歳の寿命をもち今となって、かの両若衆の盛りを見て、後世を取りはずし、前生を忘れたまうという有様になったとか。或人(ある)がそう話したので、どちらに御執心なのか判らないので、二人一緒にその草庵(そうあん)を訪ねて入ったら、案の定、花の方も紅葉の方もお捨てにならず、かねての思いをはらさせ給うた。語り残した言葉もあるから、も一度訪れて行くと、はや御出家はおられない。「世を思い葉」の二またの竹〔恋ヲアラワス〕に、きのうの日付で書いておかれたのは、「旅心なみだに染むるふた心、思ひ切るよの竹の葉隠れ」。この老僧は何を恥じられたのだろうか。思い出されたのだろうか真雅(しんが)僧正の歌の事も。

「思ひ出るときはの山の岩つゝじ、いはねばこそあれ恋しき物と」

その竹を横笛二管に細工上手のものに作らせ、寒い夜に友吹きすると、天人も雲よりのぞき、無官の太夫敦盛(あつもり)もあらわれ、今の世の笛の名人庄兵衛(しょうべえ)などが息を出しているような感じだ。

さて、はかないのは人の身で、詩人は「枕で夢みているうちに夕日になっている」と作った。歌人は「仮のやどりの曙」ともよんだ。ああ、現つか幻か。新之助はせめて霜ならば昼消えるべきなのに、夜の明けるのをまたず朝の七つ〔午前四時〕の鐘のなる時、目覚めて目をふさぎ、十四歳で、末期にこの川水を残して、川水の深く、お歎きあるのは大吉である。今はもう聞く人もないと、笛竹をうちくだき、これを煙にしてしまい、その身は常に精進を行うもの〔常精進〕となって、岩倉山へ籠り、自分の手で切りとった、惜しや黒髪を。

# 垣の中は松楓柳は腰付　（第一巻）

「世界の一切の男は美人である。女に美人は稀だ」と安倍の清明が言い伝えた。その訳は女の顔はお白粉に埋めているだけだ、唇に紅、歯を染め、額をととのえ、眉に墨を置く。自然の形ではない。もうひとつには衣裳好みで人をたぶらかす事なのだ。

絹帷子の袖も涼しい風の森*近くの里に身を隠していたが、ここが生国の大隅であるといっても長浪人は住みにくい。栄華はむかしのことになってしまった。

橘十左衛門といって武道にすぐれている男で、以前の主人も惜しんでいるのだが、家老職の者と口論して、仕方なく城下は闇に立ちのき、ここで時節の明ける日を待っていた。妻は山城国栗栖の小野の奥の育ちだったが、永らく一条村雲の御所*に宮づかえして、親里の碓の音も今は玉琴に聞き替え、同じ油火も「松明進むる」というようになり、賤(いや)しい家の糠味噌(ぬかみそ)までも、「酒塵(さきじん)」と言葉をあらため、物毎にやさしく良いのを見習い、風義(すがたしぐさ)もそれにつれて都風になった。十左衛門が浪人でない時この御所に縁故があって、この女が二十二の冬、十月の最初の亥(い)の日に貰(もら)いうけて夫妻となり、この中に一子があったが常ならぬ生れつきで、母が自慢のとおりに美しく、名をさえ玉之助(たまのすけ)といって、今は十五歳になった。どちらから見ても同じように美しい髪の結振りで、竜宮からだって望まれるだろう。此(こ)の美形は田舎には惜しいものよと見る人が言った。

そこで今の東武(とうぶ)〔江戸〕に出世の望みを懸けて、家に久しくいた若党金沢角兵衛が年をとること五十に余るから、物のさばきが確かであるのを付けて、旅はじめの曙をいそぐのに、名残りの姿を見送り注意して「武士の心掛けは、命をおしんではならない」とこの一言より外なかった。母親は角兵衛の近くによって、しばらく囁(ささや)き、別れさまに、「中にもその事をよ」とおおせられる。

そばの者どもが何の事かと思うていると、玉之助は角兵衛をまねいて、「只今(ただいま)、母上が申されたのは、わしに心を寄せる人が頼んでも、文などのなかだちはするでないぞと言われたのか。どなたにしても、わしにこがれて手紙を下さるのを、横領して、届けないならばお前は恋知らずなのだ。わしはたまたま人界に生をうけて、しかも又、世ににくまれぬ程の形でありながら、その情を知らぬのも口惜しい。大唐の幽信(ゆうしん)が楊(よう)

州で、『無情少年』と宗玢に詩に作られたのも、つれない心からなんだ」と語りたまうと、角兵衛はよく分って、「どうもおふくろ様のようにお気づかいあそばしては、浮世に若道は絶え申すことでしょう」と大笑いして行ったが、夏の海は静かで、室津より上陸して、美しい須磨の関といったとて、流され人が恋したらつらかったろう〔光源氏ノコトヲフマエテイルラシイ〕、相坂の関と聞いても、自分は相逢う人もない、自分も忍び合う身だったならなあと空想し、勧修寺のあたりより北を見渡し、母の古里もあの山蔭なんだと思ったが、今は所縁の人もないから訪れないで過ぎると、梅の木茶屋というところに、和中散の売薬がある。汗を退かせる冷水がうれしかったが、江戸より御迎えの男とここで出合い、御奉公のあらましを言ったので、承知して水無月〔陰暦六月〕はじめごろに江戸につき、間もなく殿様へのお目見えもすんで、会津に御供申してくだった。心づかいが人よりまさり自然と御前の気に入り、国中にあった少年の花は、皆入日の朝顔となった。

或る暮方、風が絶えて、鞠垣の柳楓の葉も動かない。岩倉主水、山田勝七、横井隼人、玉之助いずれも巧みな蹴りで、御前の御機嫌がこの時極まるべき所だが、玉之助の手前にて鞠が落ちる事が度々である。日頃は家中一番の上手で、飛鳥井〔蹴鞠ノ家柄〕の家にでも生れるべき人と評判していたのにと見るうちに、俄に目付がかわって、身に慄えが来、手足青ざめて、蹴鞠装束をぬぎもせぬうちに、沓音が絶えて、はや息の通いもなかった。各人おどろいて水をいそいでもって来て薬をのませ、正気になった時、屋敷へ送って、色々医術をつくし給うたが一向に甲斐もなく、次第にこの世の終りとなった。この一人のことを歎いて世間は静まりかえった。

ここに笹村千左衛門といって、御領境の御番所をあずかり、御城下の人は見知らぬ程の端々の役人であったが、玉之助をあこがれて明暮れ思っているが方法がなく、そのうちに手紙で心を御知らせ申そうと思い込んでいたのにこのような事が起った。御命にさわる事があったら、自分ももうこの世に住むまいと思い定め、玉之助の玄関迄、諸人の見舞と同じく帳に付けて帰り、又、昼機嫌をうかがいに行き、夜に入って御気色を尋ねに行き、日に三度ずつ半年あまり勤めたが、玉之助はあやうく命びろいし、体を洗い、月代をあらため、御前の御礼をはじめて行い、年寄中残らずまわって私宅にかえり、角兵衛に命じて見舞帳を取りよせてちょっと見ると、笹村千左衛門と申す書付が病気のはじまりよりこのかた毎日三度ずつの見舞である。「これはどんな御人だ」とたずね給うたけれど、誰であるか知っている者もない。「御家に縁故もあって来られたように、みんな考えていましたが、その訳は、御気分の御事をしみじみと様子をたずね、よろしいといえばよろこび、悪いと言えば忽ち顔色がかわって、常の人とは格別の歎きがあい見え申しました」との事を御物語申すと、まだ近づきにさえならぬ先に、「頼母しい御方」とだけ言って、千左衛門屋敷は遠い所だがそれを訪ね、「この

程の御礼に御門前迄」と申し入れると、駆け出して来て「これは有難き幸せ、こんな野末まで病上りにはじめて歩いて来られて、またもや袖に風があたり、尾花もさわがしくゆれているこの夕方、もう御帰宅下さい」というと、「世は稲妻のピカリと光って消えるみたいなもので暮まで待ちません、消ゆる身の重ねて待てるものではありますまい、すこしお話申すというのでは心のやる瀬もありませぬ」「まずそれ

へ」と書院に通り、二人より外には松が近くにあるだけという縁側に坐って、「わたしらの胸のうちを開く所はここです。この程のお心づかいを思い合わせると、近頃突然ながら、数ならぬこのわたしに、もしも御心を寄せておられるのなら、今日より身をまかせようと思って、ひそかにこれへ」と語る。千左衛門は顔が真っ赤になり泪をこぼす、そのさまは丁度その時紅葉に時雨が降るのと、どちらが勝つかというところ、その後で本心があらわれ、「とに角、言葉は言いにくいです。正八幡の内殿に、思いを込めて置いてあります」ということを言ったから、すぐに参詣して、神主右京に訳をきくと、「御病いのためにと日参し、願状の箱を納め置かれてある」という。それを、と開いて見るのに、貞宗の守脇差に一通の願状、筆を尽して玉之助の身の上を祈っている。さては危い命がこの願力で助かったのだな、いよいよほって置けないと念友するのに、はやくもそのことが漏れ聞え、御仕置の役人が調べて、両方一度に閉門となった。はじめより、死んだ身と思い定めていたから一向になげきはしない。こういうときの便宜のためにと、手紙のやりとりも、片蔭にそっと方法をつけていて、一年あまりこうしていたが、「今は世にあき果て申しましたから、三月九日に切腹仰せ付けられましたなら、有難うございます」との訴状をさし上げ、その日を待っていたら、横目付〔諸士ノ行跡ヲ監督スル役人〕が来て、御意申し渡して、何のこともなく、玉之助には元服を仰せつけられ、千左衛門も別の事もなく御ゆるしになられた。この上はと互に申合わせて、二十五歳になるまでは、今後、音信不通ときめ、顔見合わしても言葉もかけず、この御恩をわすれず御奉公を勤めたという。

# 玉章（たまずさ）は鱸（すずき）に通（かよ）わす　（第一巻）

年々花は替らず、歳々人は同じ姿でないと古人もいっている。殊更若道の盛りは、着物の脇をふさげば雨が降り、角前髪にすれば風が吹く。元服すれば落花より無情である。これを思う時は男色の情という事ははかない夢にたとえて見る間もない。

ここに八雲立国（出雲（いずも）国）の守（かみ）に仕えた増田氏の二男甚之介（じんのすけ）といって、美少年ですらっとした姿をしており、文武の諸芸に十一歳の春にはもうすぐれており、世の人で心を懸けないものはない。日本国中に又とないと、出雲大社に神が集っての、もっぱらの評判だ。これの男色の契りの縁を神は同じ家中の侍にむすび給うた。

森脇権九郎（もりわきごんくろう）今年二十八歳で、何事にも人にすぐれ、頼もしい侍である。甚之介の十三の秋から憧（あこが）れて、草履取の伝五郎と心安くなって、手紙を書いておくるにも世間をはばかるから、松江の鱸の口に入れて供部屋まで使にもってやらせたら、その明る朝、御髪をととのえるため空梳きをする時、御懐へ落し懸けたのに、鏡には平然とした顔がうつっているので、御事情を今申さないではと、権九郎が思い死にしそうな有様を、憐れにふびんに、言葉の数をつくして言ったら、その手紙はあけて見もせず、硯をせわしくすって、筆を取り、「前々からの御様子、いま伝五郎がいったのと思い合わせて、いとしさうれしさ限りありません、今日よりは世のそしりもかまわず御縁を結びましょう」と、さっきの手紙もその儘封じこみ、「しばらくの間も恋路はやるせないのだから、この事を知らせに行っておくれ」と仰せられたのは、やさしいお心持だと水櫛を捨てて立ち出でた。

　権九郎の許に行ってあらましのことを話すと、「かたじけないといっても、これには、通り一ぺんのいい草にすぎないぞ」と、逢わぬ前から泪に袂を浸し、十四歳の夏の夜、人に待たれる鳥といった風に情を懸け初め、余所に洩れ聞えてはと潜かにたわむれ、十五、十六の秋までは月より外には人も知らなかったのだが、恋というものは河の流れのようなもので誰しもそれに流される、端々の奉公人で半沢伊兵衛という者が甚之助を思い染め、若党新左衛門に無理に頼んで数通恋文を出したが取りあげない。そこで伊兵衛は今は退くに退かれず、「わたしは物の数でもない人間だから、とかくの御返事もない。先に契っている方を御知らせあるがよかろう。でないと、見当り次第御恨みしますぞ」と一命捨てて申すので、今迄はかくしていたが、こういう時どうしたらよいかの心得のためにもと思って、権九郎に話すと、「下々のものだからといってあなどるではないぞ、世には命という物があってこそ、お互に楽しみもあるのだ。その男の心の安まる返事を考えて見給え」と言うので、甚之介は忽ち眼を血走らせ、「深く契り合った上は例えば殿様の御意にもしたがうものか、思い切ってこの男を討って捨てよう」と思ったが、「先ず伊兵衛と武運にまかせて戦い、首尾よく片づけたら、かえる太刀でこの男、安穏に置きはせんぞ」と、ふだんの表情で宿へ帰り、「内々の御恨だったが今宵浮世の闇を晴させ申しましょう、天神の松原に出合たまえ」と果し状をしたため、新左衛門に申しつけ、早速伊兵衛方へ行かせ、三月二十六日の昼に勤めより退り、今日をかぎりの入合の鐘をきいても、無常はかねて覚悟のことだから、今更全然おどろかず、いつもよりも愉快そうに二親にも姿を見せ、諸親類はのこらず、親しかった人々にまでも手紙を書き、これが恨みの書きおさめと、権九郎かたへの一通は、胸にあること一つ一つ、理で責めていってやった。

まことに初めより、身はわが身でないと言ったことは、あなたとこんな仲であることを人が知ったら、あなたにはお目にかかるまいと、いつもそう考えていたからで折柄このようなことが起って来たが、難儀とは思わない。今晩山寺で討ち果す。年月の御よしみをお思いなら、一所に命を捨てられても惜しくない筈の御事だろう。相馴れてこの方の恨は今申さなくては末の世の障りと思うから、あらまし書き残す。

一あなた様の御屋敷迄は遥かなのに通い申しましたのは、三年のうちに三百二十七度、一夜も難にあわないことはなかった。横目付、夜廻りの目を忍び、変装して、小者風に丸袖をかざして、杖、提灯をさげて行く時もあり、又は法師の姿にもなって、人こそ知らぬがここまで心を尽し、去年の霜月〔旧暦十一月〕廿日の夜、思いわずらったのに宵は母が枕元に離れずにいたが、命は朝を待たず、逢わずに死んだらと悲しくなり、更けて行く月を恨み、乱れ姿で笹戸の陰に忍んで行ったのに、わが足音と悟られ、燈はそのままで影がなくなり、話声もやんだ。さりとては気のお強いことだ。この時のお客が誰かうけたまわりたい。

一此春、花軍を狩野の采女がかいた扇の裏に、「恨み侘びほさぬ袖だに」の歌を、乱雑に書いたのに、「われらの恋は此の風で夏をしのごう」とおっしゃって、わたしを悦ばせ給うたと思うと、「此の筆者代待〔下手糞ノ意〕」と落書をなされ、下人吉介にやってしまわれただけ。又、餌差十兵衛から御求めになられた雲雀、御秘蔵のものながら所望したのに下さらいで、北村庄八殿に贈られた事は、あの人が御家中一番の御若衆だからで、今でもうらやましい。

一この四月十一日に奥小姓のこらず馬上仰せつけられた折に、節原太郎左衛門が拙者の袴をひかえて、後に土が付いていますと払って下さったのに、あなたは後に立っておられながら、御おしえもないのみならず、小沢九郎次郎殿と目まぜして御笑いになった。年ごろの情からいって、そうは出来まい。

一五月十八日の夜半過ぎまで、小笠原半弥殿方で話していたことを御立腹であったが、その晩もお断り申した通り、謡稽古に小垣孫三郎殿、松原友弥殿同道で行き、この外に相客はなかった。半弥殿はまだ御若年の事であるし、孫三郎殿はわたしと同年、友弥は御存知の通りのもの、毎夜の参会も、これはかまわぬ筈のところを、今だに御疑いあそばし、折ふしの御あてこすりが心掛りで、諸神に誓って、この口惜しさは、今となっても忘れがたい。

一契りを結んでこのかた、心は飽かぬ曙の別れに、わたしの屋敷ちかく迄、御送りあそばしてもいい筈なのに、村瀬惣太夫殿の門前で御帰りになる、釆女殿の前の橋まで年かさねたうちに、二度しか御見送りもなかった。思い込んで下さる御方さまならば、虎狼のうろついている野辺迄もとお思いになってよい。かれこれ御恨みはあるが、それ程あなたが憎くはないのは、一かたならぬ因果かと思って、泪より外はない。只今迄のよしみに一ぺんの御回向にあずかりたい。夢と思えば現だ、世のはかない事を自身の身にひきくらべての面白さよ。

「花盛おもわぬ風に朝顔の夕影またぬ露の落ちかた」とばかり書き付け、「申残したい事ばかりだけれど、今日をかぎりの暮も近付いたから、名残も是まで。寛文七年三月廿六日」と留めて、森脇権九郎方へ、今宵四つの鐘〔午后十時〕の鳴る時分に持って行けと伝五郎に申し付け、日没の太鼓打ち出すと、かけ出でる。

甚之介の装束は浮世の着おさめとてはなやかに、

肌には白い袷、上は浅黄紫の腰がわり〔腰ノ部分ヲ白ク染メ残シタ華手ナモノ〕に五色の糸桜を縫わせ、銀杏の丸の定紋しおらしく、大振袖のうらにしごき入れた紅葉の模様もほのかに、鼠色の八重帯、肥前の忠吉二尺三寸、同じ作の一尺八寸の指添、小柄をぬき捨て刀の目釘をあらため、城下より一里離れた天神の松原に行って、大木の楠を後に、蔦かずらに蔽われた岩に腰を掛けて相手を待つ。

暮れてはや人の顔も見えぬ時、大息ついて権九郎がかけつけ、「甚之介か」と言葉をかける。「腰抜けに近付きはもたぬ」という。森脇が泪を流し、「ここでは申しわけはしない。あの世の三途の川で心底を語ろう」といえば、「無用の助太刀はたのまない」と言い争っているうちに、半沢伊兵衛が家中の乱暴者を十六人、仲間に引入れてやって来る。四人一度にぬき合わせ、命の捨てどころはここと極めて、入り乱れて切り立てる。甚之介の手にかかって二人、権九郎の太刀下に四人きり倒す。十六人の内、即座に十人、手負七人、残る者は行方が知れぬ。こちら側にも小者吉助即死、権九郎も目の上に浅手、又甚之介も右の肩先に二寸ばかりのかすり傷。思う存分闘ったが、此の近在に永運寺というのがある。そっと門に入り住僧を頼み「両人切腹の跡を、御出家のお役に」と言うと、おしとどめて「これ程までにおやりになったのだから折角のことに、喧嘩の次第を老中大横目衆まで申しあげて、諸人の中で腹をお切りになって、世に名をお残しなさい」と言葉を尽して、それから番所にいそぎ右の段々を申したら御調べの上、目付衆をよこされて、切腹相待つべしと仰せがあり、その夜に城下へ引取り、諸親類に御預けになって、疵養生せよとのことであった。相手の方は逃げた者は見当り次第切り捨てよと仰せ付けられ、手負いの者も国中を船どめして、探し出して打たせられたのだった。

その後、甚之介事、御掟に相背き申し、千万不届におぼしめされたが、親の甚兵衛が忠孝の者、甚之介もかねては御奉公をよく勤め、殊更この度の様子は若年にしては素晴らしい働き、権九郎のことも、甚之介を御許し遊ばすのに付、問題なく御許しになる有難い仰せがあり、以前のように番組に入って、この月の十五日より出勤するようにと、加えての御意である。

かの永運寺に行って、その時の働きを見るのに、刀に切込み七十三ヵ所、鞘にも切付十八ヵ所、着類はただ赤に染まり、左の袖下も切落され、こんな激しい場合であって、その身は深手もおわず、又、例もない若衆武士だと、誰も袂を泪にしないものはない。この寺にて、伊兵衛一味の死人を、ねんごろに弔ったのは、ますますしおらしいこころざしと評判した。

「このような美少年のことを末の世の語り草にも、せめてはこの書置なりとも黒焼きにして、こころのしっかりせぬ現代の若衆どもに呑ませたい、若道の名香」と書いて、何者かが中門に張っておいた。

○「森脇に十双倍の御心中、伽羅にも増田甚之介殿」と書付けて、諸人の評判になった。

善い事を見習い、国中の武士たる人の子はそうもあるべきだ。秤で苦労する町人のせがれ、竜骨車*をすがりふむ里わらべ、塩焼く浜の黒太郎までも、形こそその所作はいやしくとも、この道に一命惜しまない。美少年の長い前髪は、夫をもたぬ女のごとく思われて、時の風俗として、女色は闇、若道は昼の盛りとなった。

# 墨絵につらき剣菱の紋　（第一巻）

挟箱に折たたみ式の船を仕込んで組立てると三人乗って大河を越すという例がある。万一の時には役にも立つだろう。その外、浮沓、棒火矢の術を理由に、客分待遇で二百石下しおかれる。長の浪人だったから先ず勤めることにし、兼ねての望みは時節を待つことにしたが、年はもはや二十七歳になっていた。

すぐつぎの妹は丹波の笹山にいたが、夫に死に別れて後、世を捨てて、河内の国道明寺に、十九の夏衣を黒に染めてこのかた、暮し向きの便りもなかったのに、さきほどの五月ごろ、音信の手紙を書いて、名物の道明寺粉などを送って来る。心ざしは万里をこえて届いて、今鹿児島に浮べて、折からの暑さをしのいだが、汗は泪にかわって、むかしをおもう振袖姿、地紅の帷子を好いて着たものだったのにとなげいた。

その次の妹は十四歳になり、いまだ定まる縁もなく老母と一緒に引越して、見知らぬ国里のここに住うのも、武士の身ほど定めがたいものはない。

若年で父に死におくれたのに、嶋村大右衛門といわれるのも、これは皆母のはたらきで、あだにも思わない。朝の嵐に身をいたわり、夕の御寝間の世話も下々の女の手にはかけず、妹もこれを見習って真綿を引く手をとめて御枕などさしあげ、丸ぐけの帯や数珠袋をも、置き所を調べて孝行をつくした。人の親にはこうあるべきことである。

或る時、大右衛門が深沢という所に暮方いそいで蛍を見に行くのに、町はずれの野辺に一群のすすき、花あやめが茂り、道ばたより見渡して近くに小細水の湧き出る埋れ井がある、その脇に弘法大師の作といい伝えた石地蔵がましまして、人は追善供養する日にこの所へお参りして水を手向ける。ここに通り合わす折に、侍の小者らしい男が新しい文筥ひとつを懐から取り出し、かの石仏の前に置き、後先を見合わして、承知の上で忘れて行く有様。いかにも訳がありそうだと、その男を追っ掛け、あの箱は何んでわざと捨てて置くんだと尋ねたら、恐れて返事もせずにげて行く。この曲者ととらえて、里遠い野寺に引っぱり込み、色々責めても理由はいわない。再三あやまるのをかまわず、早縄をかけて、迷惑がる住持に預けて、その文箱を取りに帰ると、はや里人たちが不思議の僉議をして、そのまま文箱は奉行所にあがっていた。

その夜、諸役人が集まって、上書きはなくとも開けと、これを見ると、「御内談申せし毒薬進上申候、早々彼者どもに御あたえあるべし、此状御内見あそばしての後、火中」と書き留めて、その奥に丸の中に剣菱の紋所ばかりあった。外に一つの袋が叮寧に包まれてあった。皆がおどろいて吟味すると、春田丹之介という人の定紋である。ひそかに呼びよせて様子を聞いたが、「全然身に覚えのない大事を引きうけた」と、先ず門を閉じてしまった。大右衛門がそのことを聞きつけ、かの男を夜更けて丹之介の門外の駒寄せにくくりつけ、「この度の文箱のわけは此の者が存じております」と張紙して帰る。すでに夜が明けてから見ると、この男は舌を喰い切って死んでいたが、その姿はまぎれもなく岸岡竜右衛門の下人である。さてはと御僉儀のある時、はや竜右衛門は屋敷を立ちのいて行方知れぬ。その後丹之介を召して、思い当ったこともあるかと、お尋ねあそばしたのに、何の事も思い付かない由申しあげる。この分では事がはっきりせぬとおぼしめされたが、竜右衛門が遠国へ出奔したのは身に謬りがあったからだ、再び見付次第に処分することになり、丹之介は別に何のことはない、御奉公を勤めていた。

その時を過ぎて、かくしごとなく語る友が尋ねたのに、「かくさずいうが、かねてから竜右衛門はわたしに執心の手紙をよこすこと千度だけれど、こうした浅ましい心底を見極め取りあげなかった恨みに、つまらぬ事をたくらんだのだ。けれど恋よりの悪事だから、これからも御前へも世間へも秘密にしておく」と話したら、優しい心入りに感じて自然と噂して、若道の随一だといったのも当然である。この人は七歳の時より、容色がととのってたおやかにあり、一笑百媚の風情は見た人が男子とは思わず、今十五歳になるまで念人〔男色ノ兄分〕がないことは、すぐれた美少年だから世間がこれを許しているのである。「離家の美花は人も折らず」と李太白も詩に作っている。

丹之介は今度の難儀をのがれた事は竜右衛門の下人があらわれたゆえである。わたしを気の毒がって、この者を門前につれて来て書付をおかれた御方が、色々思案をめぐらすけれど知れないことをなげき、諸神をいのる事一通りではない。その秋冬、心掛りに暮れて、明の春には山々の雪もとけて松を見せて、日影に水かさがふえ、常にない滝を谷合に見て、細川の末に、扇網を手毎にもって、小鮎すくうのも楽しみだと行くと、片里近い野辺に美しい娘を母親の先に立て、女中にまじって茅花、土筆、よめなを摘むなど都めいた様子の者、しばらく見ていると、その人もこちらをチラチラ見ていたが、何か囁いて、小硯に雫をそそぎ懐紙に書くと、草の葉にむすび捨てて、岩陰の道の奥ふかく入った。その筆跡がみたくて立寄って読むと、「この野も人が多いから、これから藤見寺の山原に御入りいたします、大えもんさま」と書いたのは、後より来る人にしらすべきためだなと、注意して見ていると女筆ながら、いつぞやの筆跡に生き写しなので、不思議だと眺めている所へ、大右衛門が来て、この書付をとって行くのに言葉をかけ、「大右衛門殿と申すのはあなたでございますか。拙者は春田丹之介と申す者で、同じ家中にありながら、いまだに御近付にもなっておりませぬ。御尋ね申したい事は、去年の五月に、竜右衛門の小者を御つかまえ下さったのはあなた様か」と言えば、「いかにもそれがし、いい折に出合い申して」とくわしく物語ると、「御心持そうまであったとはかたじけなく思います。知らぬこととて年月がたってしまい、摧石朽木のごとく心ないものとお考えになるだろうことが口惜しい」と泪を流す。「お知らせ申さなかったわたしは、殊に新参者のことであるから遠慮を申したわけで、そのためにあなたに大変お心づかいさせてしまいましたな」と、ともに泪のうちに互に思い初め、何の契約もなく自然に男色の契りを結び、ひそかに丹之介の展敷のうらの大河を越えて通った。

いつとても失敗はなかったが、度かさなった或る夜、隣屋敷の河の上に張り出して作った茶屋で宵から中将某*をさしておったが、酒を幾つものんで跡は謡になり、声さえ霜がれて来て神無月〔陰暦十月〕十四日の空は照るかと思えば曇っていたが、そのように定めないのは人の身でこそある。

大右衛門は忍び姿で岸のむら蘆の陰に着物をぬぎ捨て、脇差一つ腰にさして、思いこがれて川を渡るが、浅い心でないから、瀬の早い時は情の浪が肩を越すといった有様で、魂がしずむ事も幾度か。ようよう石垣にとりつき、約束の細引をたよりに、これこそ恋の道しるべにして切戸に立寄ると、手懸り程あけかけてあって、燈もほのかに物静かであるのはいつもとちがうと、すこし耳をすましていると、内から丹之介が障子を乱暴に引きあけ、「夢にしても今のは悲しいなあ」と独り言をいって泪をむやみに流しているので、「大右衛門」というと「うれしや」と濡れ身そのまま肌着の下に巻き込められ、これで川渡りのつらかったことを忘れ、「最前の御悲しみは何」とたずねると、「今宵は待つのがひとしおに久しくて、九つ〔十二時〕の時計を聞いて寝入って間もなく、あなたがお渡りになっておられる川の中に流れ木がお足もとに横たわり、この災難で惜しい御命を捨てると見ました。はかない夢はいつの世に誰が見初めたのか知らないがつらいものだ。海を渡る妻鹿のむかしの事迄思い出される」〔淡路島(あわじしま)ノ恋鹿ノトコロへ海ヲ渡ッテ通ッテイタ今ノ神戸(こうべ)市雄鹿ガ妻鹿ノ夢占イノトオリ、船カラ矢ヲ射ラレテ死ンダトイウ〕と又、泪に沈んだ。「だがね、久しくあわぬ時せめては夢に見るという事はこれほどのたのしみはないとおもう」と機嫌をとって、今日かぎりというのでないから起きて別れ、又丸裸になるのも恋なればこそで、川浪(かわなみ)に面影が見える程は見送っていたが、もう遠くになってしまった。隣の者共がこれを見付けて、大鳥だぞと、弓を稽古している若侍たちが負けまいと遠矢を放つ。大右衛門は横腹を通されながら我が家へ帰り、わざと乱心したような書置をして自害したが、いさぎよいことであった。明る日、国中評判になった。

丹之介が駆けつけ様子を聞いたが、母妹のなげきは目もあてられない。生きているために つらい事を見たと、死人にとりついて刀に手をかけたこと、二三度もしたが心をしずめ、その矢はと取りあげて見ると、藤井武左衛門としるしてある。それではこの敵をうたねばと、愁に沈んで立ち帰る。何の事もなくなきがらは菩提寺の松林寺におくり、土葬にして、憐やきのうはむかしと日が過ぎて行く。

それから丹之介は毎日墓にまいり、おっつけ御跡より参りましょうと、四十九日に当る日を考えて武左衛門を是非にとさそったが、暇がないというのでがっかりしたが、五十二日目に連れ立って松林寺に入り、山川を見物して廻って、大右衛門の塚の前になると、両脇に新しい卒都婆が二本立っていた。一方は藤井武左衛門としるし、一枚は春田丹之介と書置かれている。「これは合点の参らぬ所」という。「御不思議はもっとも」と、いきさつを語ると、「近頃御思いにもなっていなかったろう御成り行きではあるが、打ち果し合いをして下さい」と、言葉をかけて抜き合い、二人とも夢まぼろしの身となってしまった。住持はびっくりして届け出、僉議が終ると、三つ塚にして埋めこんだ。丹之介の心いきは又とないものである。

# 形見は二尺三寸

（第二巻）

世に遠州行燈程の事も中々考え出せないものだ。又次郎といった男が観世ごよりをはじめて、今、重宝がられている。この世に捨てて行く反古をさらえる中に、母の手蹟で、勝弥が十三歳になる時、この封じ目を切って、これを見るべしと上書がある。泪に包紙をしたしながら読むと、「父玄番をうった竹下新五右衛は吉村安斎と名をかえ筑後の国柳川のほとりに身をかくし、表向きは小児科医と見せかけ、家中の者に軍学の指南をして生活しているという。詳しく聞き出して、女の身ではあるが、討ちとって本望をとげねばならぬと思い極めていた甲斐もなく、死んで行く時の無念さ。ああ、成人の後、この無念の気持をはやくやめさせておくれ。草葉の陰の父母をよろこばされよ」と書きつづけて、それより後は最後の筆と見えて正確には読みにくい。

自分は今年十八歳になった。母の遺言とは、年月むなしく、六年過ぎて今見る事になったが、知らなかったのだから仕方がない。自分が御屋敷に住むようになったのは、十四の四月十七日、武州上野の黒門*前で、母方の伯母の厄介になっていたのに、殿様が御駕の窓から、あれはと仰せられる御声がして、御そばちかい侍をひそかにつかわされ、家柄もあらましお尋ね遊ばされ、その日から、めし替の御馬で御上屋敷に入って、御前の許をはなれない。朝の雲に飛ぶ鳥も落す勢で、たとえば鳥を鷺といいはっても、自分と争う人もなく、夕には美しい月に嫉妬し、気にいらぬ人には物もいわない。これは皆、殿様のお陰で、あだやおろそかに思っていない。或る時は寝姿のしどけないのに、はずれた枕をあてがって下され、胸のひらいたところを御下着の白小袖でふさいで下され、万一風でも吹いて来たらと、思って下さる御心入れを、夢うつつのように覚えていて、その冥加がおそろしくて夢からさめると、只二人より外に聞く人もないとて、御家の大事、若殿様に仰せられぬ御事まで、仰せ聞かせになって、「互にかわらじ松の二葉」の松の葉の針で、自分の頬にあるとは人の見付けぬほどのホクロも御気にかかるといって、手づからにぬいて下され、かれこれ有難い御事ばかりで昼夜をすごした。せめてこの御恩には、大殿が今にもなくなられようというような事があったら、天下の御制禁は存じているが、いさぎよく殉死する心掛け、無紋の上下、小脇差、書置箱に生きながら魂を入れて置いたのに、世は判らぬものである。

自分のすがたの花は今を盛りだとすこしは自慢心であったのが口惜しい。先月のはじめ頃より、千川森之丞に御心がうつり替って、何事も偽りだという気のするような時雨のふる神無月〔陰暦十月〕の初の三日に極めたが、自害するのに故障があり、是非七日にはとのばしている中に、此の一通を見出し、親のかたきを知る事、武運はつきない。理由もなく殿様に害心をいだいたまま自殺したら、後悔はあの世までのさわりにともなるだろう。今思えばこの身にはめぐり合わせが多い。自分が森之丞のごとく御寵愛されている時、敵をうちたいと御訴え申し上げても、たやすくは御暇を給わらないだろう。首尾よくやるのはこの時と、所存を書いた書付をもって、ある日、御機嫌を見はからって差し出すと、心底立派だと考えられて、御暇乞いの御盃をたまわった上に、めでたく安斎をうって帰参せよと、五百石の御墨付をいただき、御納戸〔会計係〕より路用の金までいただいて、寛永九年十月十二日、竜の口から兼て心ざしの深い下人五人を召しつれて、三田八幡に参詣して、思い立ってから日を重ねて、同十九日に京都につき、三条鯉山の町に知人があるので、馬から下りるやいなや、編笠深く顔をかくし、大仏のあたりに小嶋山城といって着込の細工人*の上手がおって、望みの鎖帷子があるので行くと、耳塚*のあたりで草枕していたのか今朝置いた霜の跡もいとわず、竹の小笠で風をよけて、見たところ、こうなる筈のなさそうな大男が卑屈な物言いで、「これ、一銭おくりやれ申せ」という。顔見合わすと首をちぢめ、腰をかがめて袖をかざす。これは怪しいと、なお見返ると昔の朋輩の片岡源介だ。この有様にはどうしてなったのか、世にもあさましい風情だと、わけをきくと、先ず泪ぐんで、「自分は望みがあって俄かに御暇を申しうけたが、越後村上へ山を越えて行って、身の振り方が大方決りかけた所で、頼みにしていた片岡外記が頓死してしまい、

これでさえ困るのに、去年の水無月〔陰暦六月〕の末から眼をわずらって、善峰寺*へ来て養生するけれどもはかばかしくなく、召使も渡り者のことで自分を見かぎってしまった。人の運命というものは判らんもんだ。死のうにも死なれぬ命ひとつ、生きながらえて何になるというんだろう。卞和が玉に泣き*、寗戚が角を叩いて、*

認められぬことを口惜しがったのももっともだと思われてな、身を捨てることは何ともないが、残る名が惜しまれると、一度は生国南部(なんぶ)まで下ったが、考えるところがあるのでこうして。まだ二十六歳なんだし、目ももうあんたの顔も見える位にははっきりしている。ところで、御自分のこの度の御上京は一体どうした*ことです」といっているうちに、餅(もち)屋や煙管(きせる)屋が店から出てくるし、伏見(ふしみ)へ暮を急ぐ旅人や馬かたが立ちとどまって、間もなく見る人が山のようだ。

「とかくの話は夜に入ってしましょう。それまでは此所(ここ)にいて下さい」と泪で別れてのち、入日をまちかねて勝弥は従者もつれずたずねて行ったが、所をかえて居所が判らぬ。これは困ったと、川原の方の非人に言葉をかけ、「もし、源介殿か」と尋ねたから、「いや、そんな人は知らん、これは相鍵の三吉、目振間の虎蔵、貫穴の権というもんじゃ」という。苫で仮りぶきした片びさしの小屋の内で、松の切れ端をたいてあかりにし、声をひそめて「引四九高目の祝い」*と物をなげる音がするが何の事かは知らぬ。岸づたいに行くと、枯葉になった柳の陰に頭には霜をいただき、もう極楽へ行っても惜しくない筈の老女の声がして、「明日の食うものがないから、誓願寺*の門前で見つけた捨子の肌着をはぎに、夜中すぎてから行こう」と、世のうっとしいことばかり聞える。

川音が静まって、人が寝床へ入る時を過ぎて、焚火に流れ木を拾い集め、石をすえて土釜をかけ、茶で酒盛りをはじめ、「二度代を取り、会稽の恥を」とうたいながら、天目茶碗をすすぎ〔コノすすぎ、恥トヒビカセルシャレデアロウ〕「口拍子がきいて笙の舌には鵜殿野の蘆にかぎってよい。いずれ名物だから浅沢八橋の杜若は花房のむらさきがすぐれてよ、むかしはおとこの唐衣、今は紙衣よ」と大笑いする人を見ると源介である。勝弥を見ても、一向に恥じる気色はなく、「ありがたい御訪問だな」という。勝弥は泪をかくし、「わたしがこの度西国にくだるのは、父の玄番の敵の住家を聞き出し、筑後路まで行くことを思い立ったからです。人の身は定めがたい。もし返り討ちにあったら、又、あうこともないでしょう。互に江戸詰めの時、わたくしに

御執心の由、かたじけない数通をいただきましたが、大殿の御座をもけがす身であったから、心には思いながらその機会なく過ぎて、今又、あいましてのうれしさ。共にこれも心懸りの一つです。今宵一夜は残らず語りまして」と、膝枕をすると、この時のうれしさよ。衆道ことはさておいて、長屋住いだった東のことを思い出し、心の塵を払い、寝床の七分を相手に渡し自分は三分で寝るという古歌にある心づかいで、

相手の御寝姿を見守って、源介は眠らず、都の富士（比叡山）に横雲がたって白くなってゆき、黒谷の鐘も暁をつげて、高瀬舟に棹さす人の顔も見えて、飽かぬのに別れとなる時、ちぎれたかますから、仕込杖の刀を取り出し、「これぞ大原の実盛二尺三寸」。この身になっても一腰はなさぬ心掛はたのもしい。「そもそもこの刀は、先祖が信玄公にめしつかわれて、信州川中島の一戦で高名手柄をたてたと申し伝えられておる、これで本意をとげて下され」と勝弥にわたせば、辞退することなくもらって、「追っつけ安斎をうって御目にかかるでしょう。それ迄の形見に」と、自分のさし替えの刀を残して置く。立ちざまに左の袂から一包、金子百両あったのを、枕元にいるいざりやめくらにささやいて「みなに頼むぞ。これを路用にして源介殿を国元へかえしておくれ」といって置いて、十月二十日の昼の舟にのり、難波の暮方に到着し、同二十一日に早舟を借り切り、同二十八日に柳川にあがって、ひそかに里に宿を借りた。

思い思いの商人に身をかえ、近国をさがし、その年も暮れて、春の野は杉菜、菫の咲いたころ、ようやくいる家をたしかに見届け、三月二十八日の夜討と定め、主従六人心をあわせ、今日をかぎりの酒盛りがすむと、暮れがたから退路を考え（南に谷川をかまえて土橋ひとつ通って、浪は岩をくだいて白竜のようだ。後は高山、北は沼で人間の通れる道なくて難所である）八町こちらの辻堂に忍んだ。

この時、源介はここに来て、あの土橋中程を二間あまり切り落し、東の岸につなぎ捨てた小船に櫓櫂を仕掛け、勝弥のはたらきを待合すうちに夜に入り、里へ帰る人が思いもよらず踏みはずして高浪に沈んだ。又は牛を引きながら落ちて声もたてないで哀れな目を見ること四五度だけれど、身をちぢめて隠れた。

すでに寅の上刻〔四時十分頃〕とおもう時、忍びがえしを切って入り、東西より笹葺きの軒に火をかけ、「中井玄番のかたきうち。同名勝弥なるぞ。新五右衛門、出合え」と寝間の入口まで討入り、敵にも覚悟させて、討取ってさっぱりした。首入れの器も兼ねてこしらえて、手ぬかりのないことである。

表門をひらき、二丁ばかりすぎると、一群のたいまつが天をひからせ、「逃がさんぞ」と声々に追っかける。もはやこれまでと心に極めた時、くらがりから「勝弥、退き道こちらへ」という。声ききちがえて「誰」という。「源介を忘れたか。先ずこれへ」と船にとりのせ、川筋に出て行く。追手の者は切りおとしで難儀、数百人が仕方なく後へ帰って、評議とりどりである。舟を磯伝いにやり、その夜三里半のがれて脇の浜というところに曙についた。互に姿を見合わせ、今こそ嬉し涙をおさえ、「まことに昨夜は一大事の時。ここへ御下向。危い命を御たすけ。勝弥が幸せ」という。源介はうち笑って「愚かな事をいう人だな。三条川原で別れた朝から、夕日になるのを待ちこがれ、その方の影身に添って、今日まで旅宿の軒下にかがみ、昼は世間の様子を見、夜は外の用心を、或る時その方、久留米の城下までたずねまわっておられた時、ぬれせぬ山の麓（ふもと）に降る雪に袖を払いかねられて、小者も同じ枕に前後不覚になり、息もたえだえの時、人参（にんじん）を口に入れて、岩もる雫（しずく）を手ではこび、肌をあたためて正気をつけ、いかなる御方様ぞ、御看病ありがたき、と申された折は名乗ろうかと思ったけれども、判らぬのを幸いに、道行く人、と申し捨て、群竹の陰にかくれてしばらく様子を見ていると、下人に力を付けて、今のは正しく氏神の化身にちがいないと、そこを立ちさり、しかも十二月九日の夜の道では、わしが先に立って、村外れにある藁塚（わらづか）を外して所々に火を焼いて道しるべをした事、思い当りになりますかな」と、過ぎた十月から今月今日までの事などを語り、京都の別れに残し置かれたものをも、そのまま封じ目もきらず、今度かえした。その理の通りざまに感動して舟中の者みな感涙をながし肝に銘じ、又、「世の模範にも」と、自然と声が揃った。「ついでの御事に見おくって下さい」と、今ぞ勇んで帰国の袖をとる。

卯（う）の花の雪見る時、富士足柄（あしがら）の関（せき）を越えて、十一日に江戸について、右の段々を申しあげると、大殿若殿よろこびの余りに源介を召し出され、三百石御加増、役無しに仰せつけられ、その上、勝弥をたまわり、その名を源七と改め、まことの兄弟分となった。これ前代未聞、少年の鑑（かがみ）、こうのうてはのう。

# 傘持ってもぬるる身

（第二巻）

浦の初島*に浪あらく、武庫の山風はげしく、夕立雲が立ちかさなり、又平知盛の幽霊でも出て良さそうな気色だったが、程なく降って来て、道を行く人にとって思わぬ難儀となった。

ここに明石より尼ヶ崎への使者、堀越左近という人が生田の小野の榎の木の陰に雨やどりしていると、こんな時に十二、三になる美少年が、まだ夏ながら紅葉傘〈コレ西鶴ノ駄ジャレナリ、紅葉傘トハ天井ダケガ青イ日傘〉を持って、ささないでやって来た。左近を見かけると、「からかさにお使い下さい」と、下人にわたした。「お志は近頃かたじけない。けれどもさしあたって不思議がある。それを持ちながら、その身が雨にぬれておられるのは」という。少年は泪を流す。なお「わけがあるだろう。話し給え」と聞くと、「自分は長坂主膳の倅、小輪と申すものです。父が浪人して甲州を引越し豊前へ立ちのいたのですが、その船中で病死しました。仕方なくこの浦里で煙とし、在所の人の情で、有っても甲斐ないような浜びさしの家をつくり、窓の呉竹の世〔節〕ならぬこの世をわたる業といって、傘の細工を見なれ、母の手で男のするようなことを。と思えば我が身がぬれるといっても、天のとがめがおそろしく思って、さしません」という。そうなら扇売りの婆さんが手で日をよけ、箕売りが笠で穀物をひるという類いだなと、その心掛けに感心し、母の住む里まで人を付けて見届け、明石に帰りすぐ登城して、御返状をさしあげ、御機嫌うかがいのついでに、小輪のことのあらましを御物語申しあげると、「それをつれてこい」との仰せで、左近が喜んでの迎えに、小輪母子共に輦車して来て、〔コノ輦車ノ二字何カ外ノ文字ノ書キチガエデハアルマイカ、輦車トハ天子・皇族ノ用イル、人ノ曳ク車デアリ、大名ガ用イルトハ思ワレナイ。又、イカナル車ニセヨ、神戸ノアタリカラ明石マデ母子ヲノセテユクトイウノモ変デアル、輦車してト輦車ヲ動詞的ニ用イルノモオカシイ。承知する、承諾する或イハおそれつつしむ位ノイミノ文字デ、ヤヤコシイ劃ノ多イ文字ヲカクツモリデ、書キチガエタノデハアルマイカトオモウ〕、御前に誘ったが、自然な顔立ちは遠山に見え初めた月のようだ。髪は声のない枝にとまった鳥に等しく、芙蓉のような瞼じり、鶯の啼いているような声、梅のような素直な気持が次第にあらわれて、出頭することが日に日に増し、夜の友となった。

　御次の室の寝ずの番が聞き耳立てると、御たわむれが荒々しくなって、「お前のために命を捨てる」と仰せられるけれど、一向に有難いとはいわないで、「こうして御威勢に従っている事は衆道の真髄ではありません。わたしも必ず心を磨き、誰人にでも執心をかけたら、命がけてねんごろにして、浮世の思い出に、念者を持って、かわいがってみたい」というので、すこし焦らされて、「座興でそんなことといったんだろう」と取なし給うたが、「今申し上げました言葉は、日本の神かけて、偽りはありませぬ」という。殿もあきれられて、この強い心根を可愛らしく思われていた。

　ある夕暮、風待亭に、小姓を沢山召し寄せられ、名所の酒をのむ盃の数かさなり御遊興の折から、俄に星の林も影くらくなり、人丸の社の松がさわぎ、風なまぐさく雲が引くよにひろがる中に、一つ目の入道が軒端まぢかに飛んで来て、左の手を二丈あまりもさしのばして一座のものの鼻をつまむので、興が覚め、まず殿の前後を守護し、常の御居間に、取りいそいでお入りになった。そのあと地ひびきがして、山も崩れるごとくであった。

　夜半すぎて、御築山の西の桜茶屋の杉戸を破って、幾年か劫をへた狸の首が切りはなされていて、いまだに牙を鳴らしてすさまじい有様であることを言上申すと、「さては今宵の震動はそいつの仕業だな。誰がしとめたのだ」と御家中僉議があったが、この手柄を申し出る人もなく、あたら惜しいことに名を埋めた。それより七日すぎての夜、丑(うし)の刻〔午前二時頃〕に大書院の箱棟に少女の声がして、「罪もない親を殺した小輪の身の上、追っつけ危うなるに決ってるからね」と三度ののしって消えた。さてこそ小輪の働きであったかと、感じ入らないものはない。

その後、御普請がたの奉行が狸のあらした板戸を修理いたしましょうと申しあげると、「むかし、魏(ぎ)の文侯*が興に乗じて、『わしの言葉のはしばしまで何一つ違えてはならぬ』と歌われたのに、師経といった者が琴でつきたおし、その慢心をしずめた。文侯は誠のある家来だと、琴でくずれた南壁をなおさずにおかれたとあるぞ。今又小輪の武

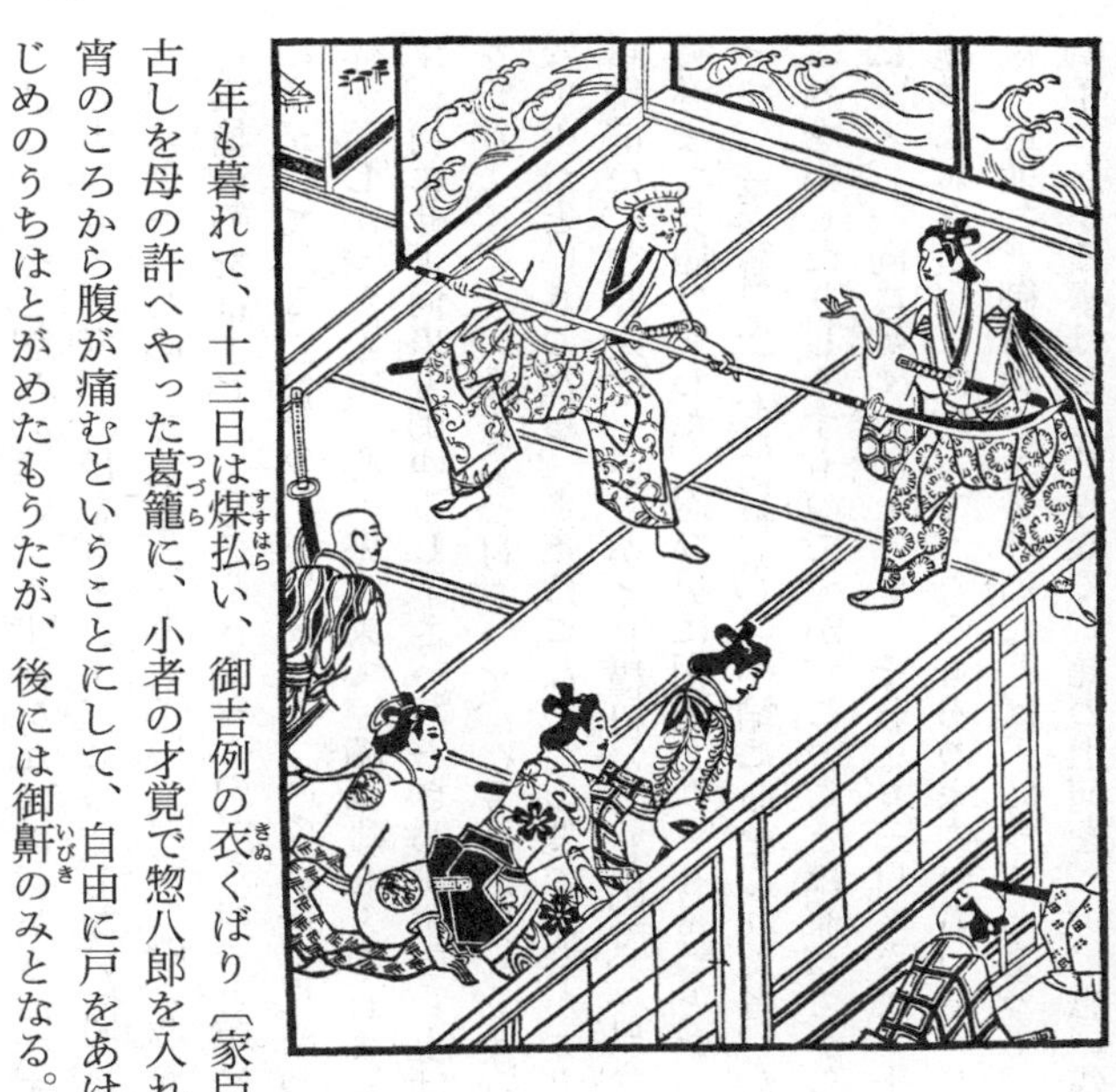

勇を諸人に見せしめにするがためだ、そのまま置いておくがよい」ということで、かたじけない御褒美があって、御愛情がいや増しになった。

その時に母衣大将*、神尾刑部の二男に、惣八郎といった者が、つねづね小輪の気持をみすまして、手紙でなげき、たがいに心をかよわせ、思いをとげる時節を待っていた。

年も暮れて、十三日は煤払い、御吉例の衣くばり〔家臣ニ衣服ヲタマウ〕の夜、着古しを母の許へやった葛籠に、小者の才覚で惣八郎を入れて御次の間に忍ばせておき、宵のころから腹が痛むということにして、自由に戸をあけたてする、その車の音もはじめのうちはとがめたもうたが、後には御鼾のみとなる。

恋はいまぞと惣八に逢い、まず何かなしに、かるたむすび〔四角ニカルタノ形ノヨウニナルムスビ方〕の帯をもとかず、この上もない情をかけたもうて、なお末々の契りの言葉をかため、「二世までも」という声が、殿の夢をおどろかせた。御枕にちかい素槍の鞘をはずし、「まさしく人音、のがさぬ」と駆け出したもう時、小輪は御袂にすがって、「これはもったいない。一向に人影は見えわたりもしませぬ。わたしの体が苦しかったので、心の鬼が来て、噛み殺せと申しましたというたわいないことです。何にせよ何事も御ゆるし下さい」とさわがず申し上げるうちに惣八は柏の梢矢切を飛びこす、その姿を見つけられて、色々御せんさく遊ばしたが、「全然身に覚えがないのだというのなら、さてはこないだの狸の仕業か」と御心が安まったのに、折から御前に、金井新平という*かくし横目がさし出で、「只今のあし音、特にさばき髪に鉢巻まで見届けました。忍び男に相違ありません」といったので又、吟味の様子が変って、「是非言え」となったが、「小輪に命をくれた者、たとえ身をくだかれるとも、これを申したりしますものですか。このことは兼ねてから御耳に入れておきましたのに」と、一向に歎く気色もない。それより三日すぎて、十二月十五日の朝、兵法稽古座敷にお召し出しになって、もろもろの家中の者の見せしめに御長刀で御自身が「小輪、最期」と御言葉をおかけになれば、にっこと笑って、「年来の御よしみですから、御手にかかる事はかたじけなく、此の上何を、世に思い残すことがありましょう」と立ちなおるところを、左の手を打ち落したもうて、「今の思いは」と仰せられた。右の手をさしのべて「これで念者をさすったのだから、御にくしみ深い筈です」という。飛びかかって切り落したまうと、くるり立ちまわって、「この後姿、またと世に出て来ないだろう若衆。人々見収めに」という声も次第によわるのを、細首落したもうて、そのまま御なみだに、袖は目前の海となって、座中は浪の声がしばらく立やむ事ない。死骸は妙福寺におくりたもうた。哀れ露には消えた。朝の霜にはかない朝顔の池というのもここである。むかし都の女たらし〔光源氏〕が須磨へ流され、それにこりず、入道の娘を恋うて、ここに通いたもうたとき読みたもうた、

秋風に*浪や越すらん夜もすから
　明石の岡の月の朝顔

この歌、衆道でよみたまわったら人も知る筈だのに、それになんぞや女房事だから、評判なしになった。

さて小輪を殺したのに、「この念者がいまだに名のり出ぬのは、よもや侍ではなかろう、野良犬の生れ替りだぜ」と人のそしり草となった。明くる春十五日の夜、左義長*〔青竹ヲ束ネ、門板、注連縄ヲ添エテ焼ク行事〕の場で、惣八は新平の両手を打

ちおとし、とどめまでさして、首尾よく立ちのき、小輪の母の落ちつきどころも判らぬところへ連れかくし、自分は朝顔寺*にかけこみ、塚のまえに心底を詳しく高札に書きしるし、今年二十を一期として、夢また夢、眠れるごとく腹かききって死んだ。明くれば十六日の朝、この有様を見るのに、ありありと一重菱の内に、三引を切っていた。これこそ小輪の定紋である。いっそ恋にそまる身ならばこうあるべきだと、七日の間は、国中の山をわけて手向けたしきみは、かの池を埋めてしまったという。

# 雪中の時鳥*

（第二巻）

越前の国湯尾峠の茶屋の軒端に大きいしゃくしを看板にして、孫じゃくしといって疱瘡がかるくすむ守り札を出している。又、河内の国岸の堂*という観音のところにいりまめを埋めて祈る行事がある。実に人の親がみっちゃ面*を歎かぬ者はない。けれども、女の子にはあってもさほど困らない。欲の世なのだから、それぞれの持参金で一人も余らない。ただかなしいのは男の子だ。たまたま人間の形はかわらず、顔だけの欠点で、一生のうち執心のかけ手もなく、物参りの道づれにさえ嫌われ、十五にも足らぬのに着物の脇をふさいでも、世に惜しむ人もなく、臭木の花の散るに似ている。あらい風もよけて、今時の子を育てるには注意するので、大抵の人の姿は見良げになった。

桜田*あたりのさる大名の若殿が六歳で疱瘡の山は富士のようだったが様子がかわって、疱瘡がなおってつかわせた酒湯の跡一面に薄むらさきの雲がかかって、雪と見えた肌を埋めるごとくになり、一家中なげきの雨が降ろうかという夜、ほととぎすの羽でこれをなでれば御身が安全になろうというので、「その鳥の飛ぶのを見つけろ」と仰せられたから、所々に手分けして尋ねたが、折から深山木も落葉、池は氷で、水鳥がすむより外はない。ある人が細工の巧みなものに命じて、鵯のよささうなのに、ほかの鳥の羽を指羽などさせて御目にかけようとしていた時、筆頭家老のもとへ朝夕出入の小田原町の九蔵という肴屋があったが、来合わせて、この取沙汰を聞いて、「わたくしが知っている方に幸いほととぎすがいますから、もらい受けてさしあげましょう」というから、「それよ」と九蔵に深く頼み、自分は御前に出て、「只今まことのほととぎすがまいります」と申し上げると、御機嫌かぎりない。近くに居合わした人々も、「これは珍鳥だ」という。〔珍重ニカケタカ?〕

肴売はすぐに小鳥好きの浪人の家へ、すり餌の焼鮠などをはこんで、ことのついでに、「ちかごろ御無心ではありますが、ほととぎすを一羽いただきたい願いがございます。わたくしの倅の疱瘡のまじないにいりますんで」と語ると、「わしだって人の子の可哀さを知らんわけではない」と快くくれる。「かたじけのうございます」と立ち出でたが、立ちかえって来て、「今申しましたのは偽りなんで。去る御大名様へさ

し上げるんです。定めて大分の御拝領がありましょう。半分は進上いたしますからね」聞くもあえず取りかえし、顔色かわって、朱鞘の反りをかえすのを見て、やっとこさ逃げのびて様子を言うと、重職連中いずれもおどろく。中にも来ると申し上げた人はさしあたっての迷惑で、口上のよい使番をつぎつぎに差し向けるが、門を閉じて全然応待しない。仕方なく時を移しているうちに、「ほととぎす」と

若殿が御待ちになっているので、大殿の御耳にも入って、さまざま僉議がある時、物なれたおつぼねの明石という人が、美しい京女房をかざり立てて、四、五人早乗物で所をたずねて行くのに、下谷通りのはるかに、皂角刺原のほとり、少しの藪畳があり門を入ると、左の方に草葺の庵があって、軒に女人堂と、さらされた板に書きつけ、窓よりのぞきこむと、背高坊主が墨の衣はきないで、鶏の毛焼している様子が滑稽である。なお奥深かに又、門があって、新高野山と額をうち、松の嵐はしんしんと心もすみわたる折から、十四、五の前髪の鬢付伽羅の油を売る者と見えたのが、のぼせて額の汗などをかき、後帯をぞんざいに結びながら、物にこりた有様で足ばやに逃げてゆく。ここの「旦那は」と問うても答えない。

門番の入道をよんで、あらましの来意を語り、奥へ案内をたのむが、「女はたとえ絵に画いてあるものでも入ってはならん。まして見ぐるしい抱え帯、口紅、染歯、全然お嫌いじゃ。ひとりのおふくろ様が御見舞に御越しましますのでも内には入れぬ。ここまであいに出てこられる位じゃ。女の取次は申し上げるまでもないわ」と、説得もきき入れないから、明石も力およばず、逢うたら美事に言葉でたらしこんでやろうと思ったがこんな女ぎらいも世に又あるものかのうと、仕方なく帰ったが屋敷へ帰りつかれぬうちに、御小姓組に金沢内記、下川団之介と十六、七の器量者であるが、ほととぎすについて、家老の不首尾を見かね、心を合わせ、早馬でかけつけ、その庵の二丁ばかりこちらに下人を残し、只ふたり中門に走り込み、乱暴に叩き開けて、竹縁にせわしくあがって、「嶋村藤内殿とは御自分の御事でありますか。突然ではあるが、御命を両人の者が申しうける」というと、藤内は何とも合点がいかぬが、二人を見ると、花であり紅葉である。「ああ、一度は散らぬ身があろうか。訳をきくまでもない。安心せい」と鎖帷子を三人前取り出し、大身の槍の鞘をはずし、「今にも追手が来る筈だ。油断だぞ」というが、両人は立ちなおらずにっこと目まぜするから、藤内は勇む心をしずめ、「それでは訳を聞こう」という。両人口をそろえて「全然そんな事ではない。あなた様の御命を我々が申しうければ、この家の内のものはみなほしいままだ」という。「さては、この鳥が所望と見えたな。最前より一命を進上して置いた以上、何が惜しかろう」と二羽のほととぎすを両人にわたすと、「早速下さってかたじけなくあります」と五色の房つきの丸籠をさげ門外に出て下人をまねき、大挟箱をひとつ藤内に預けて桜田に帰り、その首尾は美事なものだった。

其夜また団介、内記は浪人屋敷へ忍んで来て、昼の礼をただしくのべて、「かりそめのことでしたが、これも因縁といったものでありましょう。今後はこの両人、お気は入りますまいけれども、色道のねんごろをなさって下さい」といえば、「世間ではこちらから心をつくす事ばかりだった。逆に各々様の方より、不甲斐ない浪人者を、人とお考え下さって、近ごろ有がたく思う。しかし、おふたりのうちどっちをと差図もならぬ。特に、御心ざしの程もしれがたい。とにかくこの件は御ゆるしあれ」という。内記、団介は真っ赤になって、「深く思い入り申している印には」と両人一度に肩をぬぐと、左の腕に団介は嶋村と入墨、おなじく内記は藤内と名。「名字をまだ相あわぬうちより、これです」と見せる。「それは女のする事だ。誠というものは命を惜しまぬ人とこそ見定めての契約なのだ」という。「それじゃ我々が一命をよう捨てぬものとてか。その挟箱を」といいも終らず蓋（ふた）をあけると、この内に三方（さんぼう）二つ、紙を巻いた小脇差二腰、切腹の用意がある。これはと藤内はおどろき中に割って入り、わけをきく。「これは最前、ほととぎすをもらいうけねば、只ではおるまい、いさぎよく死出の田長の鳥〔ホトトギス〕の事で相果てる身と定めていたのに、ましてやこのわけで命捨て兼ねるもんか」と泪を流す。藤内はあやまって、いろいろ話し、「この上は何の二心があってたまるか」と左右の小指を喰（く）い切り、二人に渡し、情けと情けをひとつに合わせる。また珍しい衆道の取りむすびであることよ。

# 編笠は重ねての恨み

（第三巻）

ひのえ午の女は必ず男を喰ったと世に伝えたが、そうとも限らぬ。近江の国筑摩の祭*を見たのに、この里の美人は離縁、或いは死に別れ、又はかくし男が露顕したもの、重ねた男の数だけ鍋をかぶらせる、そういう所の習いで御神事を渡す。年長た女房の姿やさしくしかも顔の美しいのが鍋ひとつをかざして、これでさえ恥かしがっているのもあるのに、まだ着物の脇のあいている娘が歯も染めず眉もありながら大鍋七つ重ねて、頭でっかちで危いのに、後から母親が手を掛けて、孫を負うて、抱いて、ひとりは手を引いて、早子供を三人も持つと見えて、諸人が笑うのもかまわずに二柱の陰、榊の奥へ入って行く。その面影を見残して、思い思いの心で帰る野の道筋、紫の色うすく咲く菖蒲の沢の水清く、岸の昼顔も西日に花の艶をうしない、人はまだ汗に苦しみ、都の富士という流行し出した大編笠をかつぎ連れたのは叡山の稚子若衆で、これこそ恋の根本中堂、阿闍梨の夜の友である。

蘭丸はその年もまだ十四とは見る人もない。美形すぐれて一山思いをかけないものはない。同じ院内に居候する井関貞助、これも稚子法師にまじって立ち帰る時、わが笠をぬいで蘭丸の笠の上にかぶせたら、なよやかな風情が珍妙になった。それを面白がって行くのに後より指をさして、「女のする事を、男も念者の数に笠をかぶらせた」と、どよめいて笑った。蘭丸は立ちどまり、「わたしに念友の数があるのか。ここはぜひ聞きたいところよ」といえば、「人にいわせるまでもないわ。さもしい御心に尋ねて見給え」という。蘭丸はほほえんで、自分が師の坊のもてあそびものになっている事は、これは情の道でない、明暮京から通う人こそ、わが唯一の念者、今も忘れぬものをと涙に沈むのは、少し気おくれしている様にも見えたが、なおおとなしくも話をし、各人も外の事に話をもって行って、梶の音や、帆のはためきいそがしく、堅田の磯を走らし、諸山の晩鐘が告げわたる時、ようやく御寺に帰って、さっきの口論は何のこともなくすんだ。

この蘭丸、生国は加賀の小松の人で、長谷川隼人といったかたの末子である。男子ばかり十二人持って、世に栄え家めでたく、国橋の渡り初めにもえらばれたのに、無常もつづくもの哉、春より散り初めて、秋は梢淋しく、その年の霜見月〔陰暦十一月〕までに九人が愁いの煙となった。三男金兵衛に家督をゆずったが、間もなく同役にたのまれ、結局ことわれず、同じ極月〔十二月〕の夜助太刀を打って、これも見おさめの夢となった。片親の方の母は女心のやるせなく思っているうちに出入の息もたえて、七日もたたぬ中に又、歎いた。今は身の楽しみを捨て、弓刀の家をのがれようと、一子金太夫に名跡を残し、弟蘭丸は出家にしてと思い定めた。一人髪を断てば九族愛欲の罪をまぬかる、と十二歳の秋、この山に登らせ、父は白山の麓に分け入り給うたが、その時のお言葉に「墨染の姿にかえてわしに一目」とくれぐれも仰せられたから、去年も出家を望んだのに十五の春迄はと情にからんでとめられて情けない。今宵貞助を打果したら、不孝の第一であるけれど、今日の害心はやめがたく、人も鼾に寝静まって後、年月の通わせ文どもを取りあつめ、今なつかしくも一度見るのに同じ筆跡でなく、ひとつひとつ文章もかわっている。これを思うと、その人が自分で書くことが出来ず、心を人に頼んでいるその度ごとの気づくし、一しおにあわれふかくぞ思う。自分がむなしゅうなったらば、後で歎きも恨みもかぎりはあるまい、決心を固めた身の、一日すぎたところで、一念はとげるのだ。夜が明けたら都へ行って、可愛いい男に今ひとたびこの姿を見せ、かりそめの添伏しをして、こまかに次第は語らず、浮世の名残にもと、人知れぬ泪のやむことがない。

こと山の若衆髪を柴刈男の荒々しい手で、間に合わせに撫で梳をさせることも気に

くわぬと、各々雲母越(きららご)えして*はるかに四里の山道を行って、三条(さんじょう)の橋の床屋まで髪をゆわせに出た。中にも上手だということで鬢水(びんすい)に手のかわく間もなく、白鷺(しらさぎ)の清八(せいはち)といって、このような下職(げしょく)には、と人が皆もったいながる程の若者である。一生、美少年道に打ち込んでいたので、技巧もすぐれて、折柳(おりやなぎ)という一流を結い出し、髪先二の曲(まげ)がきれいだから、誰もがこの床をたよって、曙(あけぼの)より順番を争う。

蘭丸を見ては人のおもわくもかまわず、手透(てす)きを待ち兼ねた人をさしおいて、櫛(くし)も特別のを取り出し、じっくりとよそおいをつくりまいらせた。ある時、床屋を立ちはなれ、山の下を一里も歩んだが、折から、神送り〔陰暦十月〕の空おそろ

し気に、五色の雲がさわいで、雨はやさしく降り、風は荒々しく吹いたので、落葉は肩を埋め、撫鬢の油も乾き、髪形がかわるのが惜しいと、綾杉の沢山生えている東陰に袖をかざし手で押えて、峯の晴れ間を待ちわびていたのに、三条より清八が御跡をしたって来て、懐中から櫛道具など取り出し、「御髪がそそけられていると思われましたので、まあこれででも」と岩のさざれ水をすくい上げて、元のごとく稚子達を撫付けまいらせるのは、「蘭丸を恋忍んでいるのかな」と、誰もがその気配を見すかした。これより、ふびんと思いそめて、清八に身をまかせ、行末久しく頼もしく思っていたのに、今日は最後の暇乞だとは清八は知らぬから

こそ、いつにかわって機嫌も悪く、四、五日絶えた手紙のことを疑い、あてこすりをいろいろいうのを情けなく思いながら、中宿にさそって行って、心よく飲みかわし、酔ったままに枕に枕を近づけ、無理が有るほど聞いているうちに日が暮れ、別れはいつだって泪なのである。律儀な寺男を召し連れて、かえりしなに竹屋という細工人の許に立ち寄り、しばらくして出て行くのを、見えかくれにつけていて、気に掛るのでその砥屋に入って様子を尋ねると、一腰の目釘をうちかえ、切刃を付けてさしあげたという。「これはおかしいぞ」と手早く身ごしらえして、その跡をしたって行くのに、西谷の近道で茨、葛に足をいたませ、息も絶え絶えになる頃、梢も峯も見えなくなってしまった。ようやくに元三大師*の燈の影で休み、これまでのことを思い、また蘭丸の心根がうたがわれて、「その昔、慈鎮和尚がこの山の神姿によみ給うた『われならぬ人にもかくや契るらん、と思うに付けて濡るる袖かな』とは美しい前髪に現に逢っておられてさえ、『又もや人に』と思われたのだ。ましてわが恋人は、もろこしの鄧通*、わが国の新田義治*にもおとりもしまいから、男色の輩は悩むことだろう」と心づかいのやるせないところへ、寺中、手たいまつを輝かせ、「蘭丸が貞助を討って立ちのいた」と、早鐘をつき、ほら貝を吹き立て、年月うらんでいた悪僧が手わけをしてさがした。清八は「さては」と後につづき、東にさがると、荒法師が六、七人して蘭丸をとらえ、自由に自害もさせない。

「どうせ打首にあう身なんだから、もう思うこともないだろう。日ごろはせめて盃なりともと、それぞれねごうたが冷とうて、その事もなくてすんだ。丁度いい折じゃから、この若衆を目の肴にして呑まんか」と坂の小売酒屋をたたき起し、口の欠けた徳利をならし、欠け椀を持って蘭丸の手より口にうつして、「時節もあるもんじゃのう、自由なる御情にあずかるわ」と袖下より手を入れる者もあり、「今迄は人のいうことも聞かなんだのか」と耳を引っぱるのもあり、後から帯をほどき、又は頭に割き紙を付け、いろいろと嬲るけれど、左右の腕を取りひしがれて、致し方ない憂き目を見ているのに、又、法師が自分の舌先近く口をよせる時、歯をくいしめて黄色い涙をながしていた。清八がかけつけ入道を切り散らし、蘭丸をはげまして行方知れずになった。その通にその名ばかり残っている。三年も過ぎて或る人の語ったのには、修行僧に身をかえて連れ吹きの尺八、巣籠りの曲がなつかしや、鎌倉の鶴が岡で出あったとか。

# 嬲ころす袖の雪　（第三巻）

炭売る声、踏皮屋の秋、〔皮ヲ使ワレル〕鹿の身の毛も立って、冬山の景色、白妙の曙。

伊賀の国の守が「初雪を夢に見たが誠となって降ったわい」と仰せられた。御前に小姓従組が詰めていた中に、山脇笹之介というのがいたが、御納戸に行って、探幽筆の富士を取り出し、大床に掛け奉れば、「即座の才覚、これぞ日本一」との御機嫌であった。

一条院の雪の朝に、「香炉峯の詠めは」とのたまわせたもうたら、清少納言が北の軒端の御簾をまいた。遺愛寺の鐘は枕をそばだてて聞く、こうろほうの雪は簾をかかげて見るという白楽天の詩の心を感ぜさせ給うとか。今又雪の夢に、不二の絵をあわせた事もたぐいないことである。それより、お傍ちかく召しつかわれた。まだ江戸詰は行かぬ御許しが出て、御参勤の後は心まかせに暮した。

或る日、追鳥狩〔勢子ニ鳥ヲ追イ立テサセテスル狩〕に前髪仲間四人で、岡野辺に出たが、目印の松も埋もり、枯草の道もはっきりせず、岩の根や切り株を鳥と見そこなって、かけりまわってうんざりしてしまった。小宮の森の雀さえおらず、各々立ち帰る時に、玉笹の陰深く村人が薄の穂でふいた小屋を作って瓜の番をした跡から雉子が飛び出したので、鐘木杖、割竹でおどろかして、みなみな嬉し気にとらえたのだが、つづいて又、雄が何羽か出て来て佳興に入る。この時、小賢しい小者がかの草葺へ行って見ると、籠に雉子を入れて、正体の知れぬ男が二人身をかくしていたが、「御領内は鳥をとる事をかたく禁じられているのを知らぬか」と吟味にかかると、一人は笠に面をそむけて逃げ行き、今一人を手ごめにして命も危ういところへ、笹之助がかけつけ、「おれに免じて、それも世わたりの種なんだろうから、許してやっておくれ」と詫び、暮近くなって「只とる鳥の運のよさ」と春待つ梅を折って雉子をくりつけ、恋もあわれも知らぬ年季奉公の侍を供して帰る。

笹之介は足がいたむということにして後にさがり、かの鳥取りに尋ねたのには「どうしても今日のは裏に事情がある。おのれが誠を語らんのならば家へは帰さぬ」との眼ざしにごまかす機会を失い、「わたしは伴葉右衛門の下人ですが、旦那が先に逃げられました」という。「葉右衛門はわたしもあの方も存じたる方だ。何でまたあの方は隠れなされたのか。これが不思議」といったから「山脇笹之助とやらが狩に出たが、毎日家中の立ち働きをしているので、今日は鳥がおらぬことを知らず、若衆の足もともいたましい。心よく慰みになるようにと、庭籠にかっていた鳥を見えるところへ放ちました」とありのままにいうと、「さてさて、その若衆の身にしては悦び限りあるまい。わしもその方にあやかる祝儀だぞ」と、脇あけの羽織をぬいで与えたが、これよりは二升樽の方がなあと思うのも滑稽である。その後はこの中間が文のやりとりの便りとなって、美道のかたらいが深くなったその中を、人は見ゆるしにした。

　或る時、長田山の西念寺*の庭に、返り花が咲いて、家中は春のような気になって花見に行った。美景栩々たる胡蝶を維ぐ、見る人詩魔に便りを付られ、腐復化するを忘れ、〔全然ナンノコトカ判ラヌ、ソノアタリノ美シイ景色ヤイイ気分ヲイッテイルラシイ〕樽の出し口を仕掛けて、美少年まじりにのみかわし、半ば頃、葉右衛門が花を見に来たのを、これ幸いと留め、五十嵐市三郎という人が、杯に酒をあましてさすと、御愛想に「かたじけない」とこぼれるほど受けて酔ったがその中にも思うのは念友のことばかりであった。刀脇差は忘れず立ち帰ったが、はや笹之介に誰が告げたのか、胸に炬燵を仕掛けてカッカとなり、はげしい風をかまわず門外に立って葉右衛門を待ちかね、手を取って屋敷へ入れ、露路の猿戸に錠をおろし、雨戸も内より固め、掃き

庭に葉右衛門ひとり立ちわずらせて置き、何が何やら判らぬのでしばらくは声も立てず様子を見ているうちに、降り出しより積りそうな気配の雪となり、はじめのうちは袖を払っていたが、梢の古びた桐梧(あおぎり)の陰も、雪のやどりのたよりならぬから、段々耐えがたくなり、肺臓より常の声も出ず、「やれ、今死ぬるわ」となると、内では小坊主相手に笑い声して、「まだ思いざしの酒のぬくみもさめないでしょう」と

二階座敷からいう。「そういったって何の心もないことなのだ。これにこりぬという
ことはない。この後は若衆の足あとも通らぬつもりだ」と詫びても、なおその言葉を
きらい、「それならその二腰をこちらへお渡し下さい」と受取り、又指さしてあざけ
り、「着物袴をおぬぎなさい」と丸裸にして、「ついでのことに解髪になって」という。
これもいやというわけに行かぬのですぐに形をかえると、梵字を書いた紙を放って、
「額に当てなさい」という。今は息たえだえに、悲しいことに身にふるえが出て、ま
ことの幽霊声になり、その後は手をあげておがむより外はない。笹之介は小鼓をうっ
て、「ああら、有難の御とむらいや」などと謡い出して下をのぞくと、葉右衛門目ば
たきせわしく立ちすくんでおり、死ぬらしいので驚き、印籠あける間にも、脈がだめ
になっていたから、同じ枕に腹かききって、一瞬の夢となった。どうにもならぬ歎き
のうちに、普段の寝間を見ると、床をとらせて枕が二つ、香をたきしめた白小袖があ
り、あたりに酒事の器も見え、この心根の程を思うて、諸人横手をうたぬものはなか
った。

# 薬はきかぬ房枕＊　（第三巻）

よろずの花は色があるので自ら枝を失う。ここに某侍従の御許に仕えている伊丹右京というものがあった。よろず風雅の道にかしこく、形は見るにまばゆい程の美童である。

同じ流れに住んでいた母川采女といってこれも十八になり、人がらもすこやかで、当世風の若者である。

或る時、右京の風情が世にあやしい程美しいので心がまどい、自分の魂もぼおっとして、踏む足もたどたどしいまで面影に見とれて、常ならぬ床につき昼夜のわかちもなく、戸をしめきって恋患いのことはかくして、歎いていた。弱って行くのを悲しんで親しい人々は薬のことなど相談していたが、折柄、若い連中が誘い合ってやって来

て、病家を見舞ったその人の中に、こがれる御方も見えたから、ひどく混乱してこの奸人の恋の色があらわれ、言葉の末にも人は皆、それと聞いた。その中にこれも采女とあの道を浅からず申しかわした志賀左馬助が見とがめて、人は帰った後に留まり、悩んでいる枕近くでささやいたのは「御身の有様はいかにも不審だが、心にかかる事もあるなら、わたしには隠し立てし給うな、今見え渡り給う人の御中に、思し召し入られた御方があるのだろう。そう執念深く隠しているのは罪深い」などと尋ねたが、「そんなことはない」といいまぎらして過した。問うても後には物もいわず打ち伏して夢か現かの人となった時、陰陽師を呼んで問われたら、「こ

の悩みで死ぬようなことは夢々ありますまい。これは物の化、貧乏神の類いの仕業でしょう。尊い聖におたのみして祈り加持し給うように」というから、上野の天海大僧正*、浅草中尊権僧正*を頼み二夜三日の護摩を修し、母はまたその国の大社大社へ願をかけたのに、このしるしでか少し枕も軽う見えた時、左馬助がそっと来て「わたしとの関係を恥じておられるのですか。是非わたしが取りつぎして、あなたの思い人の御返書を取ります、首尾の方は安心しなさい」などいえば、今迄のよしみといって、嬉しい人の諫めだと、心を筆に尽して包み込み、左馬助に渡した。

重ねた袖の間に入れて何気なく時計の間に出て行くと、右京という人が、花に向って吟じておられたが左馬助に近寄り、「昨日は一日、御前で貞観政要*の催しでひまもなく、今日も只今までは新古今を読めと仰せられて相詰めしていましたが、少しの気晴らしに物もいわぬ桜を友としていました」と仰せられたのを「幸いにここにも物いわぬ哀れなる事が入ってございます」と袂に深く包んだ物を渡したら、「わたしの方へでは有る筈ないが」と笑わせ給うて、庭の木陰の小暗い中へ入り給うたのは、文を見ようという心づもりだろう。しばらくあって、「わたし故に悩んでおられるとは見捨てがたい」とその返書を給わって、采女に渡せば嬉しさの余り寝間をはなれ、夜になると昔の気力になった。

世にはまた鬱とうしい事もあるもんだ。近頃召し出された細川主膳というのが勇武を鼻にかけ、朝夕太刀の柄をならすから、人が皆厭がり果てていた。これも右京を恋して、夷のような心のやるせなさに、人を介するまでもなく、花の木の下に〔ツマリ右京ノソバ〕立ち寄って、蟬が耳にやかましいほどに、泣いて見、笑って見、さまざま歎いたが、全然言葉もかけてやらないので、なおやるせなく思い込んでいたが、それは「似るを友とする世の習い」で、節木松斎といって、茶の諸道具を預けおかせ給う坊主がこの恋の取もちを引き受け、「命を懸けて情ある御返事をいただきたい」というと、右京はうち笑って、「法師の役は羽箒で塵ほこりを払う心掛けがあればよい。無用の媒だ。この文も壺のつめ位になるだろう」となげやり給うたから、松斎はすぐさま主膳にすすめて、右京を討って他国へ今宵のうちに立ちのくと極めて、今日の夕方を待って身拵えすることを聞いて、もう逃れられぬ所と思い定め、この概略を采女にも知らさなくては後の恨みも深いだろう、しかし言うのもさすがに武勇がすたる、自分で沈もうという心の海だ、人を抱いて淵に沈む事もあるまい、と決心して、寛永十七年卯月〔陰暦四月〕十七日の夜であったが、折柄その夜は雨もしきりに降って物淋しく、宿直の人も眠りに犯され、袖を枕に寝ていて前後不覚である。

この時と打ち向うその姿はいいようがない位美しい。雪がねたましがるような薄衣を引き違えに清らかに着こなし、錦の袴をすそ高にはき、常よりは香をかおらせ、太刀を体にひきつけて、しのびやかに立ち向かうのにも、これは隠れもない匂いで、眠りから覚めておどろく人もあったが、とがめないで通したのだった。

主膳が広間に詰めて、鷹づくし屏風によりかかり、持った扇の要の外れたのをうつぶいて見ている所を、はしりかかって声を掛けて打つと、右の肩下より乳の下まで切り付けた。主膳も日頃の勇武にたがわず、左の手で腰の刀をぬき打ちにし、しばらく切り結んだけれど、深手が痛み、「口惜しや」という声と共にたおれたのを押し伏せて二太刀さし通し、かの法師の奴も一太刀と、燈を消してわけもなく時を移しているうちに、この太刀風に目をさまして、宿直の番組の者は奥へ乱れ込み、お次の間より出口にかけ出す。これぞ建久の昔の富士の狩場*のあわてようもこのようにこそと思われたが、玄関先の板敷に織田のなにがしと、建部四郎がいそいで燈火をつけ、右京を取りかこんで、御前へでた。

大殿は荒々しい御声で、「いかなるかねての怨みがあるにせよ、上をないがしろにした事は以っての外だ」。事情は徳松主殿に命じて調べさせられたが、次第を詳しく申しあげたら御預りとの御意をくだし給うたので、右京を屋敷の一間の所を設けて入れ、その夜はさまざまにいたわってやった。

討たれた人の親は小笠原家に久しく仕えた細野民部であったが、わが子の討たれたところへ駆けこみ、「腹を切るのが至当だ」と怒っていた。母親はさるお方が不便がられて、常々歌の御会にも召しくわえられていたが、夜中はだしで駆け廻り、この事を深く歎いて、「人を殺した者を、理由もなく助けて世に時めかすなどの事は」と涙が袖に余るから、見た人が哀れを催したが、御局宮内卿の子で、はじめは東福寺*の首座だったのが、いつの頃か還俗して後藤の某と名乗っていたのが乗り出して来て、かくかくの事をいわれたので、それが道理と極まり、右京に切腹を仰せ付けられたから、仲立ちした松斎も自殺した。

采女は事が起ころうとする前日より御暇をいただいて、神奈川の母の許に行っていたが、左馬助方から手紙にいそいで始終を書き付け、この曙に浅草の慶養寺*で切腹といってやった返事にいちはやく御知らせ下さったうれしさということをいい、自分は母に暇もこわず早舟をかりて御寺に着いたが、夜も白々と明けていた。

山門の廊下の陰にたたずんで、事の様子を聞くと、稚児法師が集ってとりどり噂しているのは、「今ここへ来て容貌なまめかしい若衆が腹を切るわ。ひどく拙い顔であってさえ人の親のならいでどんなにか悲しいだろうに、まして不思議な位美しいのだから、さぞ二親はなげき給うだろう。哀れなこと」などいうのをきくと、大変涙が深かったが、見物が聞きつたえて集って来たから、身をひそめて待っていると、新しい乗物に大勢つき添って外門にかきすえて、その中から右京がゆったりと出た気配は又とないほど華やかである。白く清らかな唐綾の織物に、はかない露草の縫いづくし、浅黄の裃、折目ただしく平然とそこらを見渡し給うが、卒都婆が数々立っているのはそれぞれの家々の涙なのである。寺の中の左の方に、咲きおくれたのだろうか、山桜の残り少なくなったのをうちながめて、「縦旧年花ノ残レ梢　待後春是人心」と吟じたのは采女という人のことを悲しんでいうのであろう。

錦の縁取りした畳に座り、介錯の吉川勘解由を招き、鬢の美しいのを押し切り、鼻紙に包んで「これを都の堀川の母の許へ、今はの形見とおついでの折にいい送って下さい」とさし置くところへ、和尚が紫の衣をまくり手して、生者必滅の理をお示しになると、「この世に長寿を保つと、美人も鬢の白髪はまぬかれない。容色がまだ新鮮なうちに本懐を果して、自ら剣の上に伏すのが是れ成仏だ」と袂より青地の短尺を取り出し、心静かに巻きかえして、硯を乞うて「春は花秋は月にとたはふれて詠めし事も夢のまたゆめ」と書き置いて、直ぐさま腹かき切ったので、介錯して立ちのこうとする所に、采女が走りかかって「頼む」とだけ声をかけて腹をかき破ったから、これも首めがけて打った。今年十六、十八を一期として、寛永の春の末に闇と消えた。年頃召しつかわれていた家来どもは、この哀れさに感動して、指し違えるのもあり、また髻を切って世を捨て主人の菩提を弔うのもあったということだ。今に至るまで、浅草の慶養寺に、二人の墓を築きこめ、辞世の歌を位牌に貼りつけて、東の空に名を高く残した。志賀左馬助も生きていても仕方がないと、思いのたけを書き残して、七日に当る日に死んでしまった。色々の哀れをこの時に見た事である。

## 色に見籠(こむ)は山吹の盛　（第三巻）

長屋住いの気晴しに虎(とら)の御門(ごもん)*を出て行くと、はてしもない野末に渋谷(しぶや)という里があり、金王桜(こんおう)が今を盛りだが、今や血気盛んな若侍は田川義左衛門(たがわぎざえもん)といって、少年のむかしは四国に並ぶものない美少年であった。名は松山のように高い。わけあって浪人したが首尾よくもとの六百石に収まった。気楽な春をうれしく、目黒(めぐろ)の不動(ふどう)を心ざして行ったが、身を清める滝のもとに風流(つやっぽ)い美少年が、玉縁笠(たまぶちがさ)をかぶり、浅黄紐(ひも)をしめ、たぼの色深く、朝顔染めの大振袖(おおふりそで)を着て、ぬき鮫(ざめ)の鞘の大小をさして、しんなりした腰付きで、左手に山吹のやさしい花をかざして、静かでゆったりしたのは、人間とはとても思えない。姑射(こや)の神人*が牡丹(ぼたん)に化したのかと疑われて、うかうか御跡をしとうて行くのに、どこかの大名の御慈愛の者と見て、横目*らしい坊主が二人、召しつれられた若党あまた、馬も後に引きつれているから、普通でない御大身だぞと、すべての事を忘れて行くのに、二人の法師は酒機嫌で次第に思わず小歌を歌い出し、ほどなく小六の宮のほとりで桐紋のある御門に入り給うた。辻番の者に尋ねると、奥川主馬殿という御小姓である事を語った。帰ってその夜も夢に両分けの前髪を見通し、明くる日も御門前に立ち暮し、御奉公もどうでもよくなったから、にわかに故障をつくって、御暇を申しうけ、麴町二丁目の南横町に家をかりて、体をひまにし、三月二十四日より同じ年の十月初めの頃まで毎日通ったが二度び御面影を見ることもなく、手紙で歎こうとて渡してくれる者もなく、明け暮れ恋に責められる中に、この国の守に御暇を下さって、神無月〔陰暦十月〕二十五日に江戸御発駕にきまった。どこまでもと思い立ち、俄にかり宿を仕舞い、身の廻りの諸道具を売り払い、酒屋肴屋の払いをすませ、小者にも暇をとらせて、ひとりになって、あの御大名の後を忍んで行くのに、その日は金川どまり*、明けの日は大磯に暮れて、鴫立沢のほとりに恋いこがるる美少年が駕をとめたせ、浜の方の戸を半分あけて、「心なき身にも哀れは*」の古歌を吟じておられるのに、眼をすえて見入ると見合わせて下さったが、ここを別れて又見ることもなく、寝ぬのに夢路をたどり、現の宇津の山の切通しで、袖褶岩の陰にかくれ乗物の窓をのぞいて思わず涙ぐんだが、恋する君も心にかかり初めたのか、魅力あふれる御顔で、やさしくも見かえして下さった。なお、弥ましにあこがれ、日を重ねて行くの

に、それより拝顔もせず、ようよう作州の津山にて見おさめ、出雲の国に入って世を渡る業とて、天秤棒に肩をいたませてその年も暮れてゆく。

　明くる卯月〔陰暦四月〕の初めに御参勤で、また武州迄の道中に御顔を見合わすこと、桑名の渡し場、汐見坂、鈴の森で三たび見送り、又江戸詰が一年。毎月屋敷の外より歎き、服装も悪くなって、いかに恋なればとて、武士たる者の身の程をしらず、次第にしょんぼりと衰えたのは、どうにも仕方のない因果である。

明る年、又国元まで慕い行くのに、見初めて三年その身のことはほったらかしだから、袖口(そでぐち)もほころび、襟から綿をあらわし、脇指しばかりになって、金谷(かなや)の宿はずれで、乗り出してはるかに見入っていた。主馬もこの男を見定め、さてはわしに執心をかけている事かもと、気にかかって自然と哀れに思われ、横目の隙でもあればいいが、尋ねてせめては言葉でもかわして慰めてやるのにと、中山の松陰で待っておられたのに、男は追い付くことが出来ずその後は行方も知れず、何も思ってない折々に、この事を思い出されるのこそ情ぶかい。

御入国から十日も過ぎて、義左衛門は出雲に着いたが、足を痛ませ、むかしの形はなくて、浮世もかぎりに近い。露の命、恋の種がこうなってもこの身を惜しみ、自分から乞食(こじき)となって、朝の霜を蓑笠(みのかさ)によけ、夕の嵐に足をちぢめ、昼のうちは野末にひそみ、御夜詰がすんで御帰りの姿を見るまで、これを楽しみに毎夜御門前に通った。

或る時、主馬は若党の九左衛門をひそかに呼んで、時雨ふる夜の淋しさを語り、「侍の家に生れ、わしはいまだ人を手にかけて切った事がない。その時にさしあたったら心もとない。是非今宵の中に、心だめしをさせてくれよ」と仰せられた。「御器量のほどは常々御見立て申しておりますが、おくれをとり給う事ではありません。無道にも人を切っては天のとがめもありましょう。時節をお待ちになって」といえば

「理由のない人を切るのではない。最前、向い屋敷の大溝を見たら、世に生きていても甲斐ない非人めがいた。あれに何にても願いをかなえてやるから、そのあとで命をくれるかと問え」と仰せられた。「あの身でも惜しむのは命です」といったが、それから乞食の枕ちかく立ち寄って、「突然ながら無心がある。世間のはかないことを思うにつけても、人間の一生は今降る雨の晴れ間も定めがたいものじゃ。ことにその方も醜い身になって、生きながらえても良いこともあるまい、わしらが仕えておる若旦那の望みで、どのようにでも三十日は願いのままに暮らさせ、その後で刀ためしになるなら、跡はとむらってやるとの御事じゃ」とあらまし語り聞かせると、この男は少しも歎かず、「とても春まで待てぬ身の、寒夜の難儀しのぐのに、息も絶え絶えです。わしには親類のはしくれもないから、もうとがめる人もありません。こちらの方からお願いの最期」と起きあがるのを屋敷に連れて来て、今のことを申しあげると、先ず行水をさせ、借着物を替え着せ、中間部屋に入れて、望みの十日の間、献立てを聞いての数々のもてなしをした。

　約束の日限になったから、広庭に夜更けて引き出し、「おのれ命をくれるにちがいないか」非人は首さしのべて「お手打ち」という。袴をかいどり白州に飛び下り切りつけられたが胴骨も動かない。この脇差は刃をつぶしてあったのだ。誰もこれをふしぎがる時、下々のものを残らず中門の外に追い出し、書院に坐って、かの男に顔をあげさせ、「その方は見覚えておる。以前は侍ぞ」と尋ねたまうと、町人の筋目をいう。「いやいや隠し給うな。わたしに執心浅からぬ思召入りを見うけております。今となってかくされて、いつの世に誰にお語りになるのですか。さてはわたしの見違えか」と仰せられた時、肌より竹の皮に包み込んだ物を取り出しあげ、柿地の錦の守袋をさげて、「恐れながら心底はこれに」といいも果たさず、涙は玉をならべた。紫の緒をといて見給うと、薄紙七十枚ついで、目黒の原にての初恋より今日までの思いを筆につくしていた。四、五枚読みかねて巻きかえし、かの男を九左衛門に預けて置いて、自分は曙早く登城して御前に出、「わたくし、或る人に思い込められ、念者にもたなくては若道の一分が立ちませぬ。自由にいたせば、御掟にそむき、年ごろの御厚恩を忘れることになります。とにかくはお手打に」と申し上げる。「訳を申せ」と御意があって、右の一巻を大殿は半時あまり、奥まで入って人知れずお読み遊ばして、「先ず帰っておれ。これから僉議の後、申し渡すことにする」と仰せられたが、私宅へお帰しあそばしてから、「そのまま不義をするのなら、これにて切腹」と重ねて罪をきめ、しばらく御思案になって、大横目に仰付けられて「閉門」と申し渡されたが、主馬は屋敷に帰ったその日より浪人の衣服を改め大小を渡し、命をかぎりのたわむれ、前代未聞の衆道でこそある。身辺の整理もし、死を待つこと、何かの思い出になるだろう。それより二十日目に閉門を御許しになり、その上、丸袖の季節の衣類五重ね、金子三十両頂戴して、思いがけない首尾である。浪人の事は、明日見送ってやって江戸へ送り申せとの御事、有難いことよ、いつの世にかこの御恩はおかえしせねばならぬと、朝をまたず旅の名残りのある十二月二十七日に馬を向け、見送る者どもは兵庫より国にかえし、江戸には下らず和州葛城の山近く、榎のは井*の水のある村に隠れ住居して、髪は散切りにし、夢元坊と名をかえ、物をいわず、外へ出ず、笹垣の奥深く岩間づたいの筧の流れがしばらくもとまらぬのを慰みとして、聖人の言葉の跡を楽しみ、この心の清く涼しいこと、今の世に美を尽す時花扇でもかなわない。

# 待兼しは三年目の命*

（第四巻）

和歌の浦には久しい習俗がある。

いつの世の種か二葉に栄えた布引の松が古今の色にはえ、なお行末の静かな時、その時津の海は、七月十日の夜に定って毎年ここより、竜神のあげる灯の昇ること疑いない。

この夜は諸人遊び舟を仕立てて、新堀より乗り浮かれて、都にまさる御婦人が後座幕から見物している面影も映り、浪に声あって小歌、松に音して琴三味線、大盃で出水の酒〔京ノ出水ノ上酒〕をのみつつ川下に行くと、山の姿もよりそうて妹背の中と見、蘆辺の触りあったり向い合ったりしている思い葉をわけると、ここの百景は眺めても眺め切れず、今日も入日の鳴戸は浪風もなく、そのように浪風ない人の心というのも、よろずにつけてこの上もない物好きにふけり、刃物が鞘におさまっているしるしなのだ。その時、磯辺をみると柵なし小舟に素人が棹をあやつり、美童の深編笠の中が気になるか川風が吹き上げていた。*

菊井松三郎といって、有名な情人は兄分の固めも深い瀬川卯兵衛としばらくも離れることがなかったのに、今日にかぎり、自分ばかり特に人目につかぬようにしている様子は不断のことを知る人には見て不思議が晴れにくい。それより玉津嶋*の入江に浮かれて寄って行くのに、若衆七、八人の花やかな舟がいて、外のとはかわって、謡いも鼓の音もなくて、それぞれにねんごろらしい男が二人ずつ一方に寄って耳ちかく囁く風情、あるいは添寝し、又は一画ずつ皆の書いてゆく筆遊び、かといえば扇引きするのもあり、思いおうての恋舟、これよりうらやましいものはない。その事に美しい児がひとりはなれものになって艫櫓にあがり、柿色の地の団扇を手にしてそれに書き付けてある詩を幾度か吟じ、のちにはそらで吟じられる程になった。松三郎が小舟をさし寄せてそっと聞いたのに「花質紅顔無筆二口一　夙縁薫処契二同床一　只看夜々多情夢　二六時中曾不レ忘」とある。

わたしもこの詩を忘れない。兄弟契約ふかい卯兵衛殿に先月の十七日の夜、いつもより首尾ようおうての別れに、即座に作って手水手拭に書きのこされたものだ。その人とわたしより外にこの詩が洩れる筈はない。特に若衆の手にわたり、深く感心している有様、これは只事でないと、俄に顔をまっ赤にし、料理舟の小者にその若衆の御名をたずねると、岩橋虎吉殿です、とその屋敷までこまかく語るのを聞き届け、紀三井寺が入相の鐘をつく頃屋敷に帰り、すぐ卯兵衛方へ尋ねて行ったが、「機嫌がよくないのは同船しなかったからか」とどうにもならなくて隙がかかったわけを断っているのに、全然聞入れず、「あなたは侍ではない。そのわけは申しかわした情のあまりにわたしの事を御一作下さって、又もなくうれしかったのに、御心がおおくて外の方へもその詩をつかわされたのですか。及びもつかぬわたしよりはと、特にその君に奉られたのも知らんと」と皆まで語りあえず、「口惜しい」と泪に沈み、そののちは命もあやうかったのを、「そうかそうか一応よく判った」と松三郎の気を沈めて、「しかし、全く若いなあ。大体、詩歌には必ず同類のものがあるものなのだよ。李太白が故郷の妻を思いやっての詩に、呉州如看レ月千里互相思と作れば、杜子美も又、今宵武州月　閨中唯独看とその心は同じだ。唐土の人もこう似通っている事がある。わが国の人も『月見ばとちぎりて出でし古郷の人もや今宵袖ぬらすらん』とよんでいる。その詩はどのような若衆が吟じておられたのかな」と心静かにたずねた。松三郎は聞きもあえず、「そのさきの御方様はわたしがいうまでもない御判りでしょう。考えて御覧なさい」というが、卯兵衛は判ることが出来ない。「とかくは、その人を知らせて下さい」という。「白々しい御様子、いよいよ心外に思います。岩橋虎吉とい

った美しい御若衆におあげになった」というと、卯兵衛大笑いして「まだ知らなかったのか。その虎吉はわしの姉の子なんだ」といった。

ざっと機嫌をなおし、「ねもはもないことをうたがい、今更はずかしや」などといえば、「深く思うからだよ」と猶、意気知*をみがきおうてしたしんでいるのを、人もやさしく見ゆるしていたが、世には又、恋知らずがおる。横山清蔵といった男が松三郎に執心をかけ、卯兵衛とも知り合いだのに、無理にも譲れという書状をさし付けたのこそ鬱陶しいことである。卯兵衛の身にすれば迷惑これ極まった。「この恋は千年と思う松三郎の事だから思いも寄らぬ」との返事をする。

いい出して引かれぬ所と清蔵は身拵えして卯兵衛の屋敷へ行き、決闘を申し込めば、待ちうけていた心底をあらわし、時節をのばしても仕方がない。今宵和歌の松原に出合って、死出の同道二人と、時刻をとり決めて門外に出たが、清蔵が戻って来ていうのには「わしはしばらく考えたのだが、松三郎は今年は十六歳、衆道の花はこれからなのだ。どうしても、お前はその花をながめず捨てて行くのは残念だろう。今から三年待ったら前髪もおろすから、その時には世に心残りもあるまい。三年の間、これを待つことにしよう。武士のたがいに申し合わせた言葉、かならず反古にはせん。三年すぎての今月今日、この胸のうっぷんを晴らすことにする」といえば、卯兵衛は満足して、「その時は何の浮世に未練があろうか。こういう心根でいるのだ。いさぎよう太刀先で埒明けようぞ」といって、固く約束して清蔵は私宅にかえった。この事は外に知る人もなかった。松三郎にも深くかくして常の念ごろにかわった事もない。

その後は卯兵衛と清蔵は不思議な縁となって、朝に暮に語り合い、日数を経てただいつとなく三年もたつのはすぐだった。卯兵衛が松三郎の元服のことをいうと、もう一年の春にあいたいのだがというのを、是非にとすすめて元服させ、首尾この時ととのうたとよろこび、十月二十七日に当って、過ぎた年に申しかわした月日であると、早朝より両人共に野寺に行って、つらつら最期の話をする。庵主をはじめ下人共はこんな事とは夢にもしらなかったが現というのが即ち幻の世なのであろうか。

今ぞと思う時、卯兵衛は挾箱をあけさせ、位牌を二つ取り出し、かねてから二人の俗名命日までほり付けてあるのを互にとりかわし香花をたむけしばしの間はものもいわず、心底を感じあい、袖は折からの時雨とぬれ、偽りのない仏の利剣を抜き持って、卯兵衛は二十三、清蔵は二十四、惜しや、花散り月くもり、後に残った松三郎は心の闇にまよって、その夜半に聞きつけて御寺にかけ入り、今年十九を一期として出家になって二人をとむらい給えと皆々すすめても聞き入れず、同じ枯野の霜と消えてしまった。さてさて、弓馬の家に生れた人は、後代にほまれを残すこうした命の捨所をもった。こまかく書き留めて、世がたりにと思うが愛情があまりに義理深くて哀れがさきだち、こころは沈んで、ここに筆すての松*は残った。〔筆すての松トイウノガ紀州ニ当時アッタ〕

# 詠(なが)めつづけし老木(おいき)の花の比(ころ)　（第四巻）

御痔(おんじ)の薬あり万(よろず)によし。板きれに書きつけ、間口一間の店に障子＊を入れ、のれんをかけ、大橋(おおはし)流＊の売り手本もあるが、時代おくれだから好(す)く人もまれで、世わたりの手段にはなりにくい。幽(かす)かに住んでいる所は谷中(やなか)の門前筋で、軒端には松がねじけて、凌霄(のうぜん)かずらの花がやさしげに咲きみだれ、庭に夏菊を作り、井戸の水は清らかそうで、そのはねつるべの立木にとまっている鳥は趣があるが、尾羽うちからした浪人者が、若い頃よりの士官の望みも絶え、貯えていた諸道具の売喰(うりぐ)いで、一日を暮らしておった。

朝夕の友としては、同じ年ごろである老人が碁の相手になり、その外の時は狆(ちん)一匹をなぶるが、仮りにも訪ねて来る人もない。

ある日しきりに帷子の袖を汗みずくにし、風を送る扇の手もたゆく、暮になるとさっそく行水したが、一人の親仁が体の汗を流していたのを、友とした年寄りが後姿を見て、「こんなにもなるものか」と背骨のふしくれだったのを撫でおろし、腰から下の皺を悲しみ、「高歌一曲掩二明鏡一　昨日少年今日白頭」と詩にあるが、この身のかわるのに思いくらべて悲しいわい。過去のことになってしまったのだな。さんさ節*を歌わせて、たわむれた事も」と手に手を取りかわし、泪で湯が水になるまでなげくのを、よき後生友達と思ったが、わけを聞くと、この人々の生国の筑前の城下にいたむかしは玉嶋主人といってその美形に飛ぶ鳥も落ち、博多小女郎かと見た人もうたがうほどであった。もうひとりは豊田半右衛門といって武芸にたんのうな人であったが、主人にふかく思いをかけ悩んだので、又主人の方でも半右衛門に愛情を起し、十六、十九の年より若道のかたらいぶかく、互に海の中道の深く思いを重ねている中に、外より主人に執心しこの事が一向にやまず、竈山の火桜で焼つける人も多くあって、双方共に約束をかわし、闇の中を幸の橋に出て、首尾よく相手を助太刀も残らず打ってしまい、その夜そっと木の丸の関をこえて、身の憂き浜〔地名〕から船に乗って世間をはばかる身となり、今ここに隠れていたのだ。

今年主人は六十三、半右衛門は六十六になるが、それまで昔にかわらぬ心づかいで、二人共に一生女の顔すら見ず、この年まで世を過したのは、これ恋道、少年を好いた鑑だろう。

今もまだ主人を若年のごとく思いつづけて、黒い筋のない薄くなった鬢に花の露〔油ノ名〕をそそぎ巻立てに結いなおすのもいいところがある。気をつけて見るのにこの人は額を角にすりこんだ事もなく、生れ付きの丸額がこれだった。常々以前を忘れず、打楊子を手にして歯を磨くなどし、髭をぬき捨てるのは知らぬ人が見ては、こんな訳とはよもや思うまい。

大名が御情の深かった秘蔵物あがりに対しては、妻子が出来たのちまでも、何となく若道のころをお忘れなさらないことこそ、大変殊勝なことであろう。これを思うのに、女道とは格別な色合いがあるのだ。女は仮りそめのもので、若衆の美艶はこの道に通じなくてはわきまえることが出来ぬ。さりとてはうっとうしい女の風俗と、世に住みながら東隣とは火の貸し借りもしない。人の心の常として夫婦喧嘩で、鍋釜をわるのにも、「おのれらが損よ」と、その場の仲裁に出ることなど思いもよらず、壁越しに応援して、「亭主。たたっ殺して、稚子の草履取りをおけ」と歯ぎしりするのも滑稽である。

折からは弥生〔陰暦三月〕で、上野の桜が人をまねきよせ、池田、伊丹、鴻之池よりの上酒もこの時売り切れるだろう。天も酔い、地にはねばねばしたような足音がする。内より男女を聞きわけ、男の時はもしや若衆かと走り出てながめ、女の時は戸口

をしめきって、「十日の菊」の十日ごろの気ぬけした心*になってしんとしていた。春も時雨の定めなさよ。俄かにふって暗くなり、姿の花〔美人〕もちりぢりになり、今日の名残を惜しまれたが、女の一群が立ちさわいで、あの浪人の軒陰に雨宿りし、「こんなところに知り合いがあったらなあ。せんじ茶を湧かさせて、晩方まであそんで、傘を借りて、様子によって夕飯も振舞うてくれるなら喰うて帰るところだのに、

ここらには心当りがないし」と、出すぎた女が戸を少しあけて内をのぞいた顔を見たから、手元の竹帚ひっさげて出て、「むさい、きたない、立ちのけ」と荒々しく追っ立て、そのあとに干いた砂をまき、四、五度も地面をやり直し、塩水をうって清めた。これほどの女嫌いは江戸広しといえども又見た事もない。

## 色噪ぎは遊び寺の迷惑

（第四巻）

はかなさ競べというか、それは月の夜の雨、花盛りの風。これは又見ることもあるだろう春秋もある世のためしである。

人の身に義理死にほど無惨なものはなかった。まだ知らぬ死後の世界の事ははっきりせぬ。長生きのたのしみとして蓬が嶋〔蓬萊山〕のうまいものを喰うて年月暮すのはどうやら心の罪がない。これも俗に蓬が島という尾州熱田の宮の宿はずれに、三途の川の婆が木像で立ち給うているが、ここは往き来の人が繁くあるけれど、死出の旅人でないから、この婆もものをはぎとる事もならない。一日でも浮世に住む方が得である。

ここにはかない運命は、朝顔〔ハカナイ〕の種が、若衆の花盛りに生じたのかと疑われた事件がある。この社〔熱田ノ宮〕の西の御門に、神官の家格の高い大中井兵部太夫の一子で大蔵というのがいる。同じ神職に高岡川林太夫という人の子に外記といって今年十八の角前髪〔半元服〕でまだ美少年ぶりの最中なのに、その身ははや念者〔兄分〕とかわって、大蔵といいかわし、二年あまりになるが、その心底を八劔の宮に命をかけて交わした誓紙にたがいに偽りはなく、明け暮れ、身に影の添うごとく、しばしもひとりでおるところは見えなかった。

或る時、木隠の遊び寺〔寺名デハナイ、人ノ遊ビニ使ワセルノガ商売ノ寺〕に若衆友達が沢山あつまり、住持の留守をよろこんで、今日こそしたいことをして騒げと、俄かに浮かれ騒ぎ出し、小鷹和泉のかる業、籠ぬけに、どら、鐃鉢を打ち鳴らし、本堂客殿をとどろかし、仏もお動き出しになり、後光、台座は踏みわられ、蠟燭立ての鶴亀も千世万代といわさず細かにくだかれ、作り庭をあらし、早鐘ついて近所をおどろかせ、そのあとは出しものがかわって、「非人物語三番つづき」*〔福井弥五左衛門作「非人敵討」デアロウトイワレル〕をはじめ、石塔の陰から手負いのまねをし、輿に乗じて夢中になり、外記は木刀を捨て、本当の脇ざしを抜き持って、目をふさいでこけかかるのを、大蔵が走りよって、「これはどうしたのです」と取りつくところを思わず打ったところが、大蔵の首がころりと落ちて、なげいてもどうにもならなかった。いずれも泪にくれて前後も忘れ、しばらく言葉をかける人もない。

けれども、外記は覚悟を決め、「少しも生きる甲斐がない。大蔵、只今まいるぞ」と死骸に寄り添い切腹しようとするのを、大勢取りついて時期をのばしたことこそうっとうしい。折から長老がかえり給い、事のわけを聞き届けて、「お前の命ではないのだから、このことを大蔵の親達にも原因結果を話してどうにとでも思いを晴らさせ、自分の親にも浮世の暇乞いをして、それからすみやかに相果てて、名を末の世に残しなさい」と理をつくしていさめたから、「いかにもわが身ながら命はあずかりもの、この上は御僧のいわれる通りにするが、最期を待つ間も口惜しい」と両袖を泪でひたした。この心のもちようが哀れに物かなしく、その座にいた美少年の誰も命を惜しいとは思わなかった。親類の末々までもこの寺に来て、大蔵がどうなるかを考え、泪の玉をつらぬき、ために寺前の松だって枯れるだろう。

兵部は我が子の事は別として、外記の命のことを悲しみ、住持に頼んで、大蔵の代りにわたしの子にして名跡をつがせたいという願いを、いろいろ申し上げたが、御僉議の後、御許しが出ることがむつかしく、「切腹いたさせよ」の仰せにまかせ、そのことを申し渡したところ、こうあるだろうと思い極めた身だから、今更心にかかる事もなく、その用意をして、各々のものにいったのは、「大蔵が相果てた所だから、此の寺において最期、と思いはしますが、それがしの願いにまかせて、年ごろ信心している浄蓮寺にて」といったのだから、その心まかせに連れて行く。

大乗物の戸を両方共にあけて、白装束に無紋の浅黄袴をゆったりと、大前髪を結わせた風情は、今日は殊にうるわしく、見おくる人は魂消えて、さらばさらばという声も遠ざかると、道すがら硯をおき紙に筆を常より早く走らせて、大蔵の親たちへ、面目もないという言葉をかえすがえすも書き残し、間もなく御寺についたから、心静かに臨終の一大事をさずかり、地面の上の敷畳の上に坐って、皆々に挨拶をし、小脇ざしを取りなおして今やと見えた所へ、十四、五の美女の白い練り被ぎしたのが外記に取りついて自分も後には残るまいと思い極めた有様だが、外記にはこれまでに覚えがなくて、「この事はさしあたっての迷惑、どういう事ぞ」と、とが

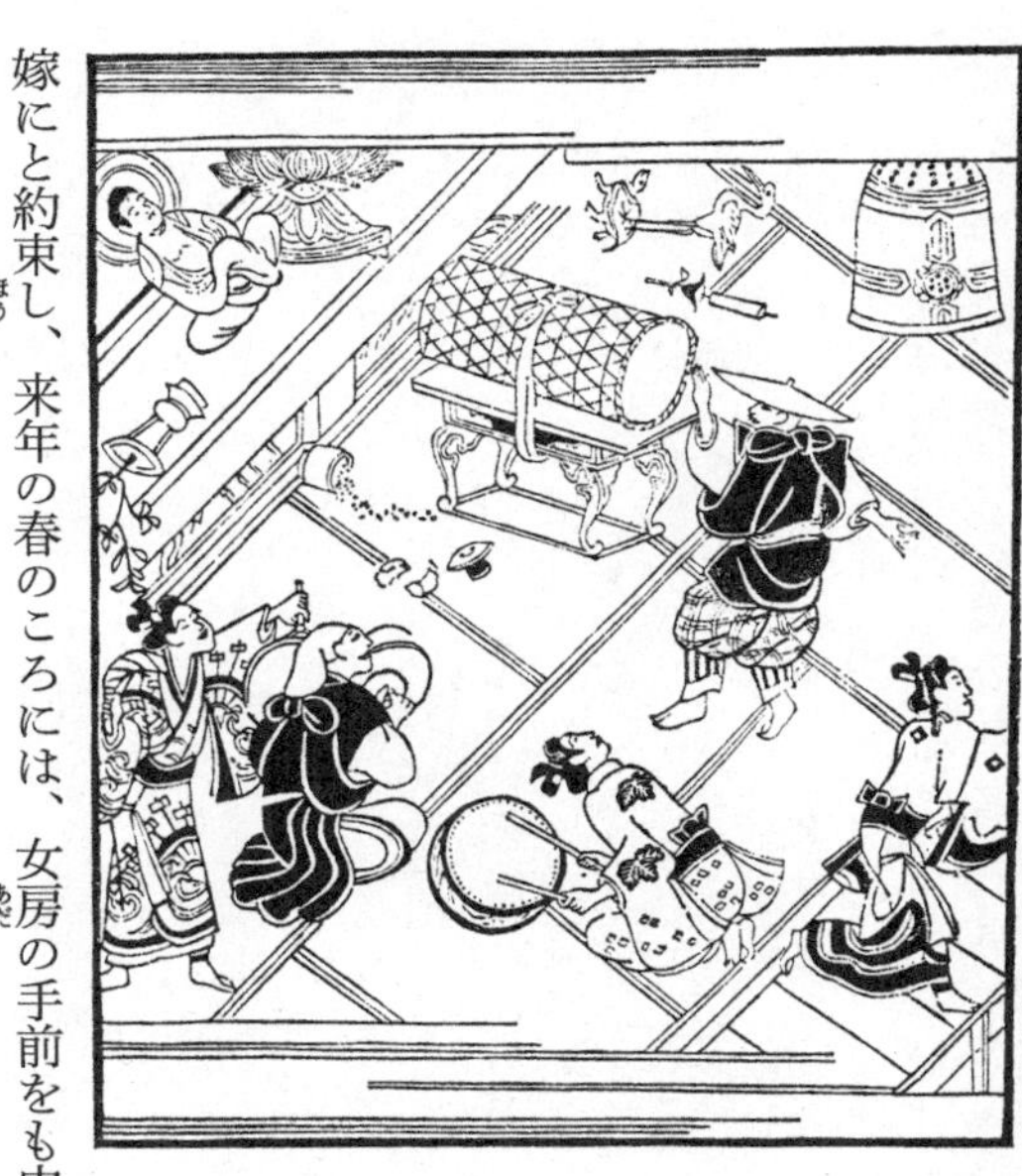

め捨て、次第を聞くと、外記の親林太夫は涙をおさえて、「その方は夢々知ることではない。この息女は塚原清衛門といった浪人衆の娘で、我等はすこしの血縁があるのだけれど、つれそうなんじの母と不仲なので年久しく、かくれて行き来をしておったのだ。いかにも立派な所を幾度も見届けたので、是非にわが家の嫁にと約束し、来年の春のころには、女房の手前をも申しなだめて、めでたくよび入れて、その方の妻にしようと思った事も仇になったが、定めない世は悲しいものだ」というと、この説明を聞く人は又あらためて涙となって、「その例もない立派な女心だ、これに命をとらしてはならぬ」と声々に惜しむので、大蔵の親兵部太夫、一命に

かけて重ねて御うったえ申し上げ、願い通り命を乞い受け、外記を我が子にし、ただちにかの娘をもらって祝言のことなど取りいそぎ、其の家をゆずって親子かたらいをしたのだという。

夢路の月代（第二巻）／東の伽羅様（第二巻）／中脇指は思いの焼残り（第三巻）／情に沈む鸚鵡盃（第四巻）／身替りに立名も丸袖（第四巻）

略

# 歌舞伎若衆編

# 泪のたねは紙見せ*

（第五巻）

今の京に何がはやるかといえば、倹約して銀を溜めることぞという。それはあたり前だ。

大歌舞伎が禁制になって後、村山又兵衛が「物真似狂言づくし」を仕はじめ、太夫子〔年若イ歌舞伎役者ノコト〕を沢山集めたが、その頃までは都でも、舞台子〔少年役者〕を相手に遊ぶことは稀で、花代も一歩ずつということに一般に極まっていて、今の世の飛子〔旅カセギノ男色売リ〕同然に客を相手に勤めた。誰がはじめたのか知らないが、太夫昇進を祝ってやるといって、すべての役者を東山に呼び、大振舞いしたので、銀五両にしてしまったのだ。

万事気楽な世であったことよ。草履取りにも、小粒二匁やり、茶屋へは銀二両ほど

の勘定だから、芝居がすんでから夜の明けるまで、わがものにして自由にした。その頃の子供役者は本当のねんねで、恋を重ねて逢うても、御無心をいうこともなく、おもちゃにといって飛び人形、又は染分けの手拭、歯磨粉、ようよう四、五分ぐらいの値のものをやると嬉しがったのに、或る年、妙心寺の開山国師三百五十忌の時、諸国諸山の裕福な僧が京へ着いて、御法事の後、一色河*原を見物したが、田舎では見るも珍らしい少年に思いこがれて、万事をほっぽらかして、買い出したものだから、前髪があって目鼻さえついておれば一日中ひまがない、このため昼組夜組と売り分けて、花代も舞台を踏む者は銀一枚ときめた。この坊主らの日に限りのあ

る都あそびは、すべての費用をかまわず、〔値ヲツリ上ゲ〕今の世の遊興する人の難儀とこそなった。

　そのころ村山座の花も数多あるうちに、藤村初太夫はすぐれて美しく、当世風のを舞うことが上手であった。見た人でこれに恋い悩まぬものはなかった。

　ある日、東山の桜を見に行って、盛りに近い塩釜桜の一枝を初太夫が持ち帰ったのは、まだ見ていない人のためにもというので、やさしい心ざしが深い。神楽岡のほとりに、色めかした男が集って、昼から酒をやっていたと見えて、もう幕はたたませ、夕日にうつって赤くなった顔をさらけ出し人の見る目もかまわず、提げ重箱の深いので酒のみかわし、喧嘩を肴にしていたが、初太夫がかざした桜を見かけ、情知らずの男達が近く寄って、「その花をお呉れよ。きょうの最後の肴に、酢味噌でたべる」という。それ、人は花に吹く嵐をすら、いとうという、人間の手で折って帰るのさえ心ないのだのに、まして、むごい言葉のはしばし、さらさら花は惜しくないが、「所望の仕方が気に入らないが差し上げは致しません」といい捨てて通ったのを、「この分では男が立たぬ」と、「是非にもぎとろう」という。やると初太夫も若衆の面目がすたり一代の身の大事がここだ。京にもこんな横車をひく奴がいるかと牛を引きとどめ、駕を立て、往来の人が更にまた山となって、この結着を見ているのは危いことであった。こんごう〔役者ノ草履取リ〕のかんしゃく持ちの久蔵ももう一命はすてているのだが、太夫の身を思うと無念ながら胸をおさえて、知っている人がおったら預けておいて、大勢相手にやってやろうと思う折柄、物やわらかに美しげな男の、したには紫ちりめんの引きかえし、上には黒羽二重の両面、芥子人形の加賀紋、宗伝唐茶の畳帯、印籠の根付の二つ珊瑚樹の色もさえ、ぬき鮫鞘の大わきざし、素足に藁草履をはいて、後につく髭なし奴に替え雪駄、樫の木の角杖を持たせて静かに来たが、この様子をきいて「ここはそれがしが扱おう。お若衆への所望の花は、後はどうなろうとやられた方がよい」といろいろ言うで、初太夫はすこしむしゃくしゃするが、この言葉にそむかず、折角の桜を渡してしまった。あばれ男が「酢味噌の桜」と持って行くのを、風流男は袖をひきとめ、

「その桜すぐにこちらへもらわしてもらいたい」という。「只今の事がまだぬくもりもさめぬのに、無理な言い草」と気色ばんだが、呆れる位さわがず、「今の都にこのような無理がはやる。おのれはその桜を首と替えるのか」というと、恐れて渡した。はじめの勢とちがい見ぐるしいことであった。桜は初太夫へかえして、かの男をとらえ「言い分はあるが、酔っている様子だから、別の日、酒の入っていない時、わしを尋ねて来て、この復讐をしろ」と懐から石筆を取り出し、所書きをきちんと書き、いろはの十郎右衛門と名まで書いて渡した。何とまあ落ちついたやり方だと、見ていた諸人でこれをほめない者はいない。

偶然のことだったが、初太夫の身にすればうれしさを忘れない。その夜より客の勤めもすてて十郎右衛門の屋敷の東洞院までしのんで行って、もし最前の男伊達どもが切り込んだらわたしが先に立って命を捨て、あの人に難儀はかけまいと決心している気持が、自然と十郎右衛門に通じて、一層見捨てがたい思いとなった。あの馬鹿者もその後は因縁をつける事がない。今は心もうちとけて、これより衆道の縁となって、互に思いをつくし、二年あまりの契りのうちには人の出来ないようなたわむれをし、数々の固めをしたので、外の色ぐるいをやめて、初太夫に気を入れたため、一門のそねみが深くなり、身の置きどころも定めかね、継母でもあったし、一通の恨みを書き残して行方もしれずなってしまった。

初太夫はこれを歎(なげ)き、色々神にも祈り、尋ねたけれど御行衛(ゆくえ)が知れないから、思いわずらって中々舞台にも身が入らずに引きこもっておったが、後には美しい姿も変ってしまった。このわけを親方に説明して、首尾よく暇をもらい、難波(なにわ)の裏町に住む所を買ったから、次第に気分もよろしくなって、世間向きの店がまえにして、紙を商売させて、その年は送った。

「その身は出家にもならず、河原の勤めもやめたのはどんな考えなのか」とむかし仲のよかった役者がたずねたところ、「わたしの黒髪が何(なに)惜しかろう。この世に思い人がいらっしゃって、もしもこの姿を見たくもおぼしめしたら、見せてあげてからの上で髪を切り捨てようと思う甲斐(かい)もなく、今までは待っていたけれど、人に問われて口惜しや」とその場で元結を払い、惜しや十九で出家の望みを果たし、それより高野山(こうやさん)にかくれて、都の人が訪ねてもあわず、朝(あした)は谷より水を汲(く)んで上げ、夕(ゆうべ)は落葉を集めて、おこないすませていたが、一年あまり過ぎてこがれていた人は丹後(たんご)の国天(あま)の橋立(はしだて)という所で行き倒れになり、その哀れさは松より外に知るものもない島崎(しまざき)で、はかなくなった身のことを、はるか後に聞いて、其所(そこ)にたずねくだって、十七日のとむらいをし、その後、その身はうき世をすて二度(ふたたび)人にもあわなかった。

## 命乞いは三津寺の八幡

（第五巻）

これはどうなって行く世の姿であろうか。難波のむかし、太夫蔵人、お国の女歌舞伎もなくなって、若衆を沢山抱え、これぞ世界の花踊りであるが、塩屋九郎右衛門座で見た岩井歌之介、平井しづまなどいったのは末の代にもありそうもない美少年である。この外四十五人舞子がいたが、どれをとっても厭な性質なのはひとりもなかった。

それまでは昼の芸をして夜の勤めということもなく、招けばやって来て酒をのんで暮らし、執心をかけると世間通りの若道のごとく、その人にねんごろにしても、誰もとがめる事もない。太夫元も欲を知らず、得にもならぬ客をうかうかもてなして、その年の暮に、丹後鰤一本に塗り樽に入った酒三升、盆前になれば三輪そうめん十把もらって、これにも礼状をやった。また少年役者にはじめて近付きになるのも、浜*（ココデハ道頓堀河岸〕の水茶屋の女将に呼びこませ、かりそめの盃事をして、声のいい子には小歌を所望して思うままに遊興し、そのあと遊び仲間より集めて銀一両やると、釣髪のある男〔こんごう〕が太夫殿のところより礼に来て、「只今は千万かたじけなき幸せと、三つ指ついて長口上申しておったわ」と大笑いして暮したのに、今時のこんごうに二角ずつやっても、さほど嬉しがる顔つきもせず、すこし祝儀をやる間がおそいと、「長い秋の夜を四つ〔午後十時〕前から呼び立てて、明日の舞台に穴があく」などという。恋の最中に気の悪くなるようなことを聞くものである。

とにかく今の世間には野良犬の子と金銀とが沢山なために、万事ぜいたくになって物をつかう。それまでは舞台衣裳も、唐木綿にさらさの型染め、ふだんの衣裳は加賀絹に中紅の裏をつけ、浅草縞を紫の糸で作ったのを着ると、見る人のおどろきはこの上もなかろうといわれた程の事だったのに、近年のように唐織、金入毛織を着る事はいかに役者だといったとて、身の程を知らぬのである。大分の金銀を取りながら、つまるところは借金の淵とはこの道頓堀のならいだ。給金のやすかった昔は芸人も世を暮しかねるという事はなかった。その時世が面白くなく、物事が変なのは今である。けれども欲なしに役者の本当の情をあらわした平井しづまなどは末の世がたりにもすべきだ。

ある時、堺の大道筋で長崎商い〔長崎ヨリ仕入レタ輸入品、イワユル唐物ヲウッタノデアロウ〕をして家が栄えている人があったが、この主人は古風な堅固な男で、七十余歳まで風邪さえひかず、薬ものまず、家賃や銀利の計算ばかりしていて、生れてこのかた色町さえ見ず、庭はたらきの下女も姿などどうでもよくて布さえ織れば給金の一匁でも安いのを好み、恋などする事思いつきもせず、門より外に出ず、世間づき合いの欠けた男だが、それがはじめて芝居を見られたので、人も不思議の念を起した。しかもその日に雨が降って＊〔屋根ハヨシズ張リ程度ダッタラシイ〕見物は立ちさわいだが、この親仁ひとりすこしもおどろかず、「三番目の桜川の狂言にしづまが出る。これを見ないでは帰らぬ」と声のつづくかぎり「東西、東西」というて、袖が濡れるまま桜川が終るまで見留めて、楽屋口にまわって帰りを待っていると、軒の玉すだれの雨の滴も袂によけず、さしかけ傘の下を行くその御風情、これは今の世の人ごろしだ。墓の寺〔千日寺〕の前まで後をくっついて行って、黙ったまま物思いしている有様を見るなりしづまは心に掛け、「親仁殿はどこの在所の衆」と問うけれど答えず、「恋という事、いつの時に誰が仕初めて、こんな辛い事なのか」とひとりごとをいう。しづまは鼻紙の間から、入場券の六、七枚つづいたのを取り出し、「又近いころに見物して下さい」といえば、この親仁うれしさあまって、かねて思っていた御執心の一言をいい出さず何もなく終った。

暮れやすい冬の日が虹のようにうすくなって、太左衛門橋を渡ると、川風が無情に吹いてしばらくはここに立ちすくんでいたが、思う人が太夫元へ入られたから、仕方なくてその辺の茶屋に立ち寄って、それとは知らせず、雨の晴れ間を待っているだけだというふりをして、塩屋の内を見入って物案じの表情をしていた。茶屋の主人が見とがめて尋ねたので、話さねばならぬことになって、しづまに思い入れて命もあぶない身のことをいえば、主人は聞くと哀れが深く、このことをしづまに囁いたので、それ「もはや情をかけて自分を思うその人ならいかに老いた身であるからといって、それを見捨てるわけには行かない」と急いで衣裳をえらび肌に明暮という名香をたきしめ、かの茶屋に行って見るのに、鬢には黒い筋のない〔白髪頭〕男が、滝縞の着物で、梅かえしの袷羽織に胸高に紐をつけ、割り胡桃を柄の上のはなち目貫にした小脇差、昔の印籠、なめし革の巾着に駒引の絵銭の根付をさげ、このいやな風俗でそもそも若衆に心を寄せるとは意外千万であった。

二間ある座敷の奥に通って、この親仁を近くによび「亭主に知らされるまでもなく、こなた様がわたくしに御執心のことは最前芝居から帰る折からお見うけして心に掛っていましたが、縁はおかしいもの」と固めの盃事をして、酔いを恋の種として〔シラフデハトテモトテモ〕身に添い臥しを仕かけて、うれしがる事をいろいろして気を尽したが、この親仁はかたじけないともいわずに、口のうちで念仏をとなえている。しづまに上手に問われて、この男が言ったのには「さてもさても優しい御心入れは忘れ

ることは出来ません。そなた様に思い入れているのは私の一人ある倅です。はやこの頃は御身のことばかり申し暮し、命も危くなっているのをふびんと思う親の身でこう申すのですが、とてもの御情でしばらくの間、会ってやって下され」といえばしづまは尚あわれがまさって、「今となってはいやとは申しますまい。わたくしの身は預けます」といえば、親仁はよろこんで、「それなら、今宵更けてからここへ連れて

来ましょう。決して決して人に話さないで下さい」と長町の借り座敷までつれて来てあれこれをいい捨てて帰った。

しづまは待詫びて、袖を枕に夢を見かけた時、病人乗物をしずかにかき入れた。この足音にしずまが目を覚まして見たのは、十四、五の美女の肌小袖白く、中に薄花の桜色なのに、浅黄鹿子の両面に切付けの色紙歌模様の紋、帯は二重菱の柿地をついと引きまわして結びもせず、髪はさばいているが中程より下を引きさき紙で結び、この美しさは皆いうまでもない。人を恥らわずひたひたと寄って、思わず「うれしや」と声をあげて、少し笑って顔を見合わせたが、ぞっとして浮世の人とも思われない。しばらく物もいわずにいたが、しづまは驚いて、自分は衆道の約束をしたのに、これは思いもよらぬ、人が非難していう「衆道ヲ本トスルモノハ女ト関係シテハナラヌ」に決っている事もかなしくて、ここで考えるのこそ本当だろう。今時の若衆なら、後家でも只は通さないだろうが。しづまはああ思いこう考えたが、わが身を立てる理由を冷淡にいったなら、あの上にまたも病気もと思い、心にもない乱れ姿になって、「わたくしは今より任せた身なのですから、全快され給うてから、いつでもおあいしましょう、又の世かけてお互に忘れますまい」とかりそめであるが浅からぬ言葉を交して別れたが、露よりもろい命はその夜が明けて、惜しいことに十六で眠るように世を去った。生死はのがれられぬことではあるが、一しお哀れさもまさった。

七日たっての後、この娘の母親が、せめてはこがれ果てたその若衆を見て憂さをはらそうと大坂へたずねて来て、形見の品々をしづまに渡すと、しづまは更に涙にしずみ、それよりぼおっとして、思わぬ事で人の命をとってしまったことよと、自分も仏神に祈って命を取ってくれるよう乞うたところ、世のためし世の不思議、或る日、三津寺*に参って帰って来るとき、しづまはつねの着物だったのに、白衣の袖みたいに薄く見え、面彫もぼおっとしていたと、見た人が評判して、どういうことなのか、もしや気でも狂ったのかといっているその暮れ方に難波の夢*とはなった。いまだ来ぬ春を待つ雪の梅のあたらつぼみを散らして、月やむかしの物がたりとはなった。

# 江戸から尋ねて俄坊主

（第五巻）

仏法僧*の鳥は高野松の尾、河内の国高貴寺にしかおらず、夏中しかも真の闇に鳴くのである。この声はたまたま聞く人の心を澄ませるが、それを殊にいいように思うのも道理、ここは弘法大師の開起の霊地である。

この山つづきで、御法の林が年古りている玉手という里に仏念の老和尚がいらっしゃった。数多く御弟子のある中に可見といった美僧がある。人が過去のことを尋ねたのに、江戸の芝居太夫玉村主膳と一枚看板で名を広め、人の命をとる程の女形で、よろずの拍子事〔歌舞音曲ニトモナウ太鼓、鼓、笛、三味線ナドノ総称〕にもまたの世に出て来そうもない名人であった。ことに若道のたしなみが深くて、心を掛けぬ者はなかった。月日を重ねて盛りがすぎて行く姿の花も惜しまれ、「月は二十日あまりの空」〔心細イ形容〕と歌われた二十の年のころ、発心して山に隠れ、元結を切って僧形になって諸国を修行し今この所に来て草庵をむすんだが、萩垣のまばらなのに葛の枯葉がまとい、窓は南にあり、月を友として朝夕の勤めも怠らず、こうして三年程は身の在り処も知らせず故郷の事も忘れていた。世にあった時、抱えて置いた子に浅之丞といったのがあるが、優れて美しく、情も深く諸人の恋の種となった。主膳の頃これをなびかせて、外の勤めは自然にやめて、互に変るまいとの約束をしたのに、墨染めの衣にかえた姿を知らせ給わぬのを怨み歎き、はるばるの武蔵野に道を辿って、今ここに尋ねよって見ると、昔の面影は水の泡と消えていて、埋れ井の水を手ずからはねつるべで汲んでいるので、泪は桶にもあまる位ながれて、「この御有様は」と衣にすがって人目も恥じず袖を泪でひたしたのこそ大へんな愛情であろう。「けれども、わたしは出家して、いつどうなるかも判らない身だから、かさねて逢うことは殆んどないであろう。年月のよしみで、今度尋ね給うた心底はずっと忘れまい。そなたはいまだ盛りで、例えていえば江戸桜を人々が眺めて散るのを惜しむほどなのだ。ことにまた熊谷にいらっしゃる両親の歎きのこと、かれこれ思うと、早く東にお帰りなさい。名残も今宵かぎり」ともてなしするのに、木の葉の煙を立て、茶釜のぬくもるのももどかしく、天目茶碗二つの外には器とてもなく、しのべ竹を並べた仏棚に表具なしの六字〔南無阿弥陀仏〕を掛け、欠け徳利に夏菊をいけて、風をたのしみの種とし、夜をしのぐ蚊帳もないから、団扇をひまなく使って枕をおどろかし、過去の事を語るのは、涙に音あって口に声絶えるといった有様で、夢に現を見るここちがしたが「暁の鐘が鳴り一番鶏が鳴いたら関東へ行きなさい。これから後は無事を知らす手紙もいけない。つてがあっても、そのような事はするな、せめてはこれを形見に」と持ち馴れた浄土数珠をわたしたら又、泪は玉をつなぎとめる風情でこそあった。

ようよう明方の雲が晴れて、夏山もはっきり見える頃、「とにかく御心に従って、帰ります」と発って行く姿をしばらく見送っていたが山の茂った木の陰にはや見えなくなってしまった。今は安心し、笹戸をさし込め、憂鬱なのを忘れるために念仏に気を移した折から又戸を叩くのは変だと立ち出でて見ると、浅之丞は美しい髪を切り払っていて、「御言葉にしたがい東に帰って又参りました」という。あたら美しい姿をと悔むが甲斐なくこの事を和尚にいえば「夢と悟ったからには浮世の思い出などどうして残っていることがあろう」と同じように僧にして、来世のことばかり教える、誠ある道心とはこれであろう。朝に山の井の水を汲み、夕に柴木をはこび、修行の身を楽しんでいるのは有難くさえ見えた。

この里つづきの古市という所に、百姓の娘としてはその様子がやさしいのがいて、浅之丞の旅姿を見てからは、魂がとび出て、ほぼ狂乱となって、跡をつけて御寺へ行くのを、召使いの女どもが取りついて、いさめて家へ帰ったが、この恋がやるせなく

その夜ひそかにやって来て、松を焼く火の幽かな庵室を窓からのぞけば、慕うた人は法師になっておった。かなしい声をあげて「あの若衆を何で出家にしたのか」と絶え入るばかりに歎いた。思いもよらぬことなのだから、取りあわなかったが女の荒々しいののしり声に、一山の坊主がおどろいて立ち集って、その中にはこの娘を見知っている人も多くあった。はしたない仕業と色々いうが聞き入れず、只「この人を誰

が髪をおろしたのか、その人を怨む」と、狂人であること疑いない。親の里へいってやって、親しい人がやって来て、「そういったって世のそしりも有ることだ。出家の身だから自由にはならないが又、逢う時節もあることだろう」と心を静かにさせたら、「今までは浅ましい恋にわたしこそ迷っていました。あの方は何とも思って下さるまい。いいわ、こうした恋路も前世より定まった因縁です」と自分で十四歳までわずかでも散るのさえ惜しんだ黒髪を、今日よりは道の捨草と手ずから切り払ったから、仕方なくこれも出家にして、西の方の山陰にひとつ庵を結ぶと、明暮鉦の音ばかりであって、その後は姿を見た人もいない。恋から思いそめて、恋をふっと忘れたのだという。又二人の法師も浮世者〔役者〕であったが浮世の事を捨て、今なおこの山を離れず勤めすまして住んでいた。若衆振り盛んな頃江戸で相馴れた人で、昔をなつかしがって訪ねて来る連中もあまただったのに、終まで戸ぼそをあけず、門はすいかずらがまつわりついてとじ、根笹は自然と埋めて行って道すじもなかった。その後、山本勘太郎という若衆が竜田の紅葉を見に行って、色ばかり賞での帰りにここへ立ち寄って、哀れに殊勝に思い立って、まことにこの世は夢の夢と、これも発心の身となった。よくよくの覚悟だったろうが、惜しや前髪ざかりなのに。

## 面影(おもかげ)は乗掛(のりかけ)の絵馬(えうま)＊（第五巻）

どこの工人が削ってか野郎紋ようじ〔野郎トハ役者〕といったものを始めて、世にもてはやされた。

うき世の世の字は並べ手のないひとつ紋、えびす屋の抱えの玉村吉弥といって、その頃、都の男はいうに及ばず、人の女または娘にかなわぬ恋の思いをさせ、かぎりもなく、舟岡(ふなおか)、鳥部山(とりべやま)の煙とはした〔コガレ死ニヲサセタ〕。特に楊貴妃(ようきひ)の狂言のかんざしさした顔付は、それはそれは唐土(もろこし)を見ていないからでこそあろうが、絵姿などの及ぶ事でもない。いつまでもこのままの若衆ならばめでたかろう。「若衆と庭木とが大きくならぬものだったら」と、風流好きの小堀遠州(こぼりえんしゅう)もいわれたという。

何事も歎かねばならぬのは今の世の有様でこそある。或る年、難波(なにわ)の芝居にて、恋の奴があばれたのにより、歌舞妓(かぶき)ということが禁制になり、太夫子が残らず前髪をおとして野郎になった時、まだひらかぬ花が散るここちがして、太夫元をはじめ子どもの親方も深く歎いたが、今思えばこれ程幸せなことはない。いかに男色の情といっても、二十過ぎるまで前髪をおいては勤めになるまいに、野郎なればこそ、三十四、五までも若衆顔をして、人の懐(ふところ)の中へも入るのだと、おかしい色の道のことが思われた。ほかへは年をかくして、節分の大豆の数もさばよみにして、舞台のくらがりで年が判らぬように演技しているけれど、物覚えのつよい見物(けんぶつ)めが、同じ時に若衆かたをしていたのが敵役になっており、若女方をしていたのが婆かたになっ

ておるのを二つ思い合わせておどろいてしまった。芸を見るだけならたとえ七十になる若衆が振袖をきても、少しもかまいはしない事である。とにかくうんうんとうなずいてくれる夜の客さえあれば質はおかずに年はとるのだ。

春の初狂言の演出会議に、玉村吉弥が行こうと四条の崩れ橋を渡る時、そう看板は打っていないが北国者丸出しの男が、その様子おかし気で、割織を着てほくそ頭巾をかぶり山刀さして肩に連尺〔二片ノ板ニ縄ヲツケ物ヲ負ウノニ用イル〕を掛けて、都の霜月〔陰暦十月〕前をめがけて、狼の黒焼きを売りに上って来たのだが、この面影の又とない美しさに目をとめてたたずんだのに吉弥は気づいて、手にふれた楊子をかの男の袖口になげ入れて、何ということなくよろこばせて通ったのだが、この男は狂乱の心になって、商売物を喜内の浄瑠璃芝居の前にうち捨てて、本国佐渡が島へ帰って、明け暮れ金をためた。金銀さえあればこの恋はかなうと考えついたことこそ面白い。

念力岩を見立てて金山に当り、思いの外の俄か成金となって、五年あまりもたって都に上り、馬乗物をすぐに川原に立たせておいて、玉村吉弥を尋ねたが、「その人は役者のならいで江戸へ抱えられて四年前に下られました」という。これをきくと京には一夜もとどまらず、又、東路を心ざし、逢坂山にも自分をとどめる恋の関守もなく、したい事して行く道に、それまでは御油、赤坂、金川などに色事にさそう女がその人を留めたが耳にも聞き入れず、品川より江戸入りをいそぎ、境町へ行って吉弥を尋ねたが、「ここの芝居で都の花を咲かせた後、人より早く若衆姿をやめて、男になりました」と過去を語ると、なおまたなつかしく、手引をたのみ、坂東又九郎の楽屋に入ってみると、まだ身拵えせぬ太夫子の風情は白粉をぬらぬ素顔でも美しくないのはない。すぐれているのは吉田伊織、野川吉十郎、加川右近で、いずれも有名な美少年だが、わが思う都の吉弥にくらべては、つづくものは一人もなかった。過去の面影を思い出しつつ眺め渡すが、見分けにくくて心わずらう時、大男であるのを、「これぞ玉村のかわった姿」というから、おどろいてつらつら見ていると、一目でむかしの形、首すじの美しいのを思い出し、今でも恋はやめがたく、その後人しれず京の事を話すと、吉弥も再び京がなつかしくなり、「その時ならそのお心入れをあだにはしなかったでしょう」と誠のある心の中をいえば、この男は嬉しさ限りなく、勤めの身にしてはやさしいと思い、自分にあったことを残らず話して、金銀を一代の世を暮せるほどやって、又生国佐渡に帰った。そもそも楊子一本よりの執着である。総じて舞台子は人に言葉をかけ、あとの減らぬ手など誰にもにぎらすべきである。玉村吉弥が情で命を捨てた人は数を知らない。江戸中の寺社の絵馬に、吉弥を乗り手、坊主小兵衛が馬子の所を画いてあるが、これを見てさえ恋に沈み、今にまで世語りとはなっている。

## 情(なさけ)の大盃(おおさかずき)　潰胆丸(びっくりまる)

（第六巻）

人から木の端(はし)のように*いわれるけれど、法師ほど世に気楽なものはない。したい事をして遊び、寺それぞれの宗旨で習っておいた経をよみ、旦那(だんな)方に衣を着て逢(あ)うよりほか勤めることもなく、包み銀(がね)のたまるのを無駄につかってもしようがないといって、恋のはじまりが芝居子狂いで、これこそ出家にぴったりの遊興である。色っぽい座敷でも身の一大事を忘れず、精進を固く守って焼麩(やきふ)、柳茸(やなぎたけ)のにしめ物、水栗酢味噌(すみそ)に天木蓼(またたび)、浅草海苔(あさくさのり)に梅干の吸物、これでもって夜もすがら長酒、よくも呑(の)まれる事ぞとこの誠ある精神はいかにも殊勝千万に見えた。いかに仏がてきめんに罰を当て給わぬからといって、長老様が魚鳥肉の杉焼きを食べるということには参らぬものだ。肴(さかな)を心まかせに食い、女と濡(ぬ)れること世間はばからずであるならば、出家せぬが損とい

うものであろう。
ある上人が物好きで伊藤小太夫に舞台衣裳を着せて、かずらもそのままに、女にかわらぬ色っぽい姿を一座の興ともされ給うのは、誠に女が珍らしいという心に偽りがなくて、皆の人がこれを立派だと噂したものである。その折、この乱れ座敷にまじっていた猩々の源兵衛という男が話した。
伊藤は古今無双の色っぽい酒のもてなしで、同じ顔振れの客、場所もかわらぬのに、この太夫ひとりのもてなし方で、万事が格別の世界のように風情がかわり、東山の月の顔も紫の帽子をかけたように思われ、祇園の林の鳥の羽の色も、宗伝唐茶のように粋に見、今に時めくこの美しい君にうかされて誰もが明方になるのを惜しみ、「秋のよの夢ばかりなる手枕に」など古歌をとりちがえ、前後も覚えないようになったものだ。だから「一人の心は千万人の心なり」と杜牧之が阿房宮の賦にも書き残したが、伊藤の心の淵に沈められないということはない。お歴々の粋仲間も泳がされて、恋にやるせなくなって悩み果てた。

とにかく、この美少年は気分は寛闊に生れついて、物静かで自からなる若女形で、風采は今風の作りで、身のこなしが豊かに、物ごししとやかに、舞事にすぐれ、万般の拍子事に巧みで、染川林之助が乗り初めた二つ縄を一筋にして渡り、都の人の目を覚させた。これは人間業とも思われない。特に吉野身請の狂言でこの太夫がその道中姿を演じたが、誠の吉野は藤に色を奪われてつまらぬ桜になったと両方を見くらべていったものである。今また評判するのもくどい。良いのに極った証拠を知らないのか。若道狂いのどうしてもやめられぬ男がいい出して、この若衆のことを墓原といったのは、一夜の情け代、銀三枚もあげたという替え言葉である。秤目にこまかい京の人が枕の夢に百二十九匁もかけたのか。情だからといって、思い切っては出せたものだ。大体、高いものが悪いことはない。

この太夫には洛中の女が貴賤の区別もなく思いを含んで、いうことも出来ず、命をとられた人の数もわからぬ。恋文などつてを求めて送ったのを、かりそめにも取りあげなかったのは無情の心ではない、その身の美道の意気をおろそかに思わぬ故である。

今時の野郎頭の若衆は勤めの内は仕方なく脇あけの大袖を着ているが、暇の夜には丸袖になって、祇園町、石垣町、上八軒、穴奥、八坂、清水の茶屋をさがしあるき、土手町の素人女にしのび通い、宿では物縫女を昼居眠りさせ、それのみか、悪所遊びの旺盛さはにきびにあらわれ、衆道の姿はどこかへ行って、自分の心柄から花の盛りを見かぎられるのこそ浅ましいことである。すべての舞台勤めの若衆のつつしむべきはこの一つで、五年か三年その位たったら、昼夜をかぎらず女あさりをしていても、人はとがめない。「およそ唐人の若衆にしたところで鍔の知れた事」これは笑ったが誰が気の浮いた大座敷もようよう大さわぎをやめて、汗は又元の水にして内風呂に立ちさわいで入った。

春の日も暮れになって、板屋根にも気がつかぬ程の雨がふり、これは明日見る花の梢のためには、きっといいだろうと、岸辺に鳴く蛙の声のせわしいのもゆったりと聞きなして、笹垣の外を覗くと、女盛りの三十一、二の美人が額際から自然と生えている美しい黒髪であるのに、いつすき櫛を入れたとも判らず、油の香りも絶えているのを、無造作に折り曲げて、古暦の引裂紙でちょいと結び、薄椛染の小袖に山尽しの描き紋を着ているが、山の景色もかすかになるまで着古し、肩先の吉野山を昔にしてしまって浅黄の木綿ぎれを当て、裾にある末の松山の所には横縞の継をして、小倉の男帯に細目布の端継ぎをして左の脇腹に結びとめ、緋縮緬の下紐も色は変っているがさすがに残っていて、どういう人の果てだろうかと心が引かれるのであった。

髪置頃*（三、四歳頃）の子供に紙子の広袖を着せて、川原のひとり咲きの菜種の花を二本三本手折って、息子が泣くのをすかし、「お前の父様が恋いこがれなさって、とても手の届かぬ若衆様に命をとられなさる。それは藤の丸の中に伊の字の紋所を、花紫の大袖に付けていらっしゃる。朝のむらさきがいいというけれど夕方でもなお美しい。見てごらん」といって肩車にのせて青葉の立木隠れよりさし上げると、かの倅はいじらしい手をあわして、「あれは神様か」と、脇目もせずに拝んだのこそおかしかった。

人々が垣越しで聞いているだけで辛抱出来ず、杉の組戸をあけて出ると、この女は胸をどきどきさせて歩いて行く、それを引きとめて訳をたずねると、「おそろしや」とばかりいって訳をいわずさしうつむいた風情は気をつけて見るのに、まばゆいばかり上品な人である。「どういうわけで恥じらいながらもここまで忍び寄られたのか」と、いやといわせず問いつめられ、玉をつないだような涙を両の袖に伝わせて、恋の初めから語りはじめると、随分大胆な者どもが総泣きになったが、これも当然のことであった。

「今となっては恥ずかしいことでもありません。お問い下さることとこそ嬉しいことです。わたしの夫は都でも有名になるほど衆道におぼれ、世にときめいていた時は、難波津や梅にもまがう松本才三郎になじみ合い、武蔵野の月も嫉む花井才三郎にたわむれ、この河原では村山久米之介に気を失い、牛房庄左衛門のところで夢に暮れ現に明かし、先頃の紙漉町の踊の場の喧嘩でも、この君に危い命も惜しまず男をたてられたが、それにしてもこの世程さだめがたいものはありません、今は室町の本宅に住めなくなり、居ても甲斐ない北野の涯の、二十五日〔北野天神ノ縁日〕でなくては人の顔を見ない片隅に引っこんで、憂きことばかり聞き明かす卯木の耳掻きの細工をして一日を暮す一方、若恋も忘れていませんでした。いつの頃からか、うかうかとはその事をいわなくなって打ち悩み、『今日でもうおしまいだ』と枕の上で哀れな声を出して、『逢うことが出来ず死ぬのだなあ、伊藤小太夫様に』と男泣きしております。女の身として哀しく、生活も貧しいから一しおいたましくて、せめては太夫殿に申して、書き捨ての物なりともいただいて、最後を心よくさせてやりたいのです」とあらましに語り終って、涙ばかりである。

　情を知る人々はしばらく女の心ざしに感動していたが、太夫には無断で、肌になれた定紋の緋無垢をやり、「これをお見せになって後、その人がお元気になられた時、思いを晴らさせてあげましょう」といえば、この女はなお涙に沈み、「大層有難うございます。早くこのことを聞かせてやりましょう」と立ち帰った後で伊藤に話したら、「それはどちらへ行ったか、その女は」と取りあえず道の程二、三丁も追って行ったが、行方の知れぬことを歎いて「わたし故に死にかけているというのだ。その人に逢ってその思いを」と狂乱のごとくなった。ようようその日も、明けの日に、人の顔が薄く濃く見えた時、きのうの小袖を返しに来て、「はかなや、その人は曙に烟としました、『この着物を見てうれしや。逢うたような心ちがする。もうこれでいい』と身をふるわせて、言葉も終り、わたしばかりとなった悲しさは」と泣くのに、その座に平然としているような魂の人はいなかった。詳しくたずねて、後を弔ろうてなどと思うている所へ、男女が多勢かけつけて来て、理由もいわず、かの女房を乗物に取りのせ、これはつまらぬ親御様の御外聞はばかりというものだが、月夜に提灯つけたところで昼とも思われぬが〔無駄ナコト〕どさくさして帰って行った。

# 言葉とがめ耳にかかる人様

（第六巻）

紫野の法師は扇に絵をかいたのを妄語の戒めの一つにしているというが、紙をはなれて画かれた鳥が飛び、足を十画きつけたら水辺ににじり寄る蟹がいたという例がある。宅磨の牛、蘇東坡の朱竹、王摩詰の雪中の芭蕉は嘘をまことにしているのだ。嘘のない野郎若衆の花の姿を桜の版木にほって、一冊にしたのを、居ながらにして美少年をもてあそぶに重宝がって眺めくらす。牡丹芙蓉の色を争うごとくいずれ劣らずこれ程美しゅう筆を尽した中にも、「悩ましくてたまらぬ」とはや恋風が吹くのは筑波根の嶺より落つる滝井山三郎である。自分ばかり色よくかいてくれと誂えはしていないだろう。王昭君＊も黄金不買漢宮貌と歎いた〔王昭君ハ絵カキニワイロヲツカワズ、ミニクイカオニカカレタ〕というが、ああ、言うまい、笑うまい。

そのことだが扇をかざした巫女を見て恋に沈み、下鴨神社からの戻り道に撥の音をあやしんで誰がすむ屋敷かは知らなかったが築地の内を見ると、よそには降らぬ時雨だといった顔付きで眺めている主人の風格、柳の枝の夕の気配はつまらぬ絵などは見劣りがして、これもまた新しい思いの種となった。

姿は落ちぶれても、まだなりやすそうな恋に思われるのだが、浪人の身の悲しさは朝の風、夕の雨さえしのぎ難く、小さな借り店の窓からのぞくと今日も思いが山のごとく、胸は富士の煙をこがし、涙は深川の浪に滴るという有様で、干きにくい袖をしぼって、しぼりの煙草入れをこしらえ、これを商売にして命をつなぐ舟つき場を売り歩いて、毎日木戸銭をかせぎ出し、「この狂言に滝井山三郎が出まする」という時入って、正面のシテ柱の方へ身を寄せ、これ一番と眺めた時、道化坂東又次郎の軽口、万能丸五郎兵衛の人形相手の応答などがあったが、その日は思いの外ちぐはぐになって、せりふが入り乱れたから、山三郎はわずかの所のせりふをとちった。南の方の桟敷の下より「やめてしまえ」という。かの浪人は聞くや聞かぬに「だまれ」という。「いや、だまるまい。山三郎を引っ込ませ」という。大事な時に邪魔をして、皆がこれを憎んだ。この男は色が黒く、髭自慢で、目を世間に光らし、仁王団助とかいって、関東にかくれもないもて余し者であった。人が恐れるので調子にのって、なおいう事をやめない。芸をしながら山三郎もすこし赤面してその男をにらんだ。この俳優の一

代で、やめろといわれたのはこれがはじめてである。

程なく芝居は果てて、見物は外へ出たが、浪人はかの男を後からこっそりつけ、浜町の辺ですこし透を見合わせて、向うに廻り、「山三郎にやめろというた頬桁はここか」と一尺九寸の大刀の抜き打ちで、柄に手をかけさせぬ早業に、刃物をおそれる町人、百姓も、そらと力を集めて逃げ道をあけた。これが縁になろうとは知らず山三郎の金剛の住んでいた裏店へ駆け込んだが、金剛は命にかけて、家へおいて置いたのも当然である。

夜に入って山三郎が忍んで来て、「お心ざしの程、そのうれしさはいい尽せません」と、浪人の家柄氏素性を調べもせず衆道のねんごろをして、その後は末々のことを約束を色っぽく人知れず申しかわしたが、そうなると、その人が可愛ゆくて、後には生計のための客勤めも面白くなく、このことばかりに熱中して外のことは忘れてしまった。

人の身ほど先のわからぬものはない。

この浪人は生国石見の浜田の人であったが、独りいる母が息子を恋しがって、いよいよ命も危ないと知らせる代筆の手紙を見てから、この事を山三郎に話すと、道理に責められ、外の事ではないから涙で別れたその後、一向に音信がないことを歎き、いつも思いに沈み、朝にこがれ、夕に耐え、顔はやせ、姿もかわって、程なく床についたが、うらめしいのは浮世のならい、盛りの花の村雨、月の村雪、十九歳を一期として、つねづねの美しい顔色は病中に衰え、芳体眠るがごとし新死の姿、美麗暗変落花の風となって、見るもの袖をしぼり、聞くものが袂をうるおさないという事はなかった。木挽草滋　鶴林の患、禰宜町臥猪の床とならん〔山三郎ノ死ニヨッテ木挽町ノ芝居森田座ニ雑草ガハビコリハシナイダロウカト心配デアル、又、禰宜町ノ中村座ハ臥タ猪（ダイコンヤクシャ）ノ巣ニナルダロウ」となげくのみであったが……。

# 袖も通さぬ形見の衣(きぬ)*

（第七巻）

猿に袴(はかま)をはかせた看板*を出し、えびす橋筋に元祖浮世楊子(ようじ)といって芝居若衆の定紋をうちつけて置いたが、それぞれの思うその子に枕のかたらい及びがたい人がせめてもの心晴らしにこの紋楊子を手にして口中をみがく時には、恋する君の美しい舌をくわえるようなここちがして、哀れや気を悩ました。これ程の思いであって、命がけで成功するものなら命は夜の霜のように朝を待って消える筈(はず)だが、勤め子のならいとして、どれでも花〔花代〕という一字で自由に眺められることだから人死(ひとし)にがないのだ。こういう面影を江戸(えど)、京、大坂(おおさか)の三大都市に生れあわせて明け暮れ見るにさえ飽かぬのに、遠国の人がたまに見て、こがれ死にもせんと、生きて帰るのは不思議である。狂言の番組や役付けを買い求めて、その名をあらましに覚えて、わが国許(くにもと)の夜話の種となるのも上方に上った得というものだ。

世に又と、身過ぎの業ほど悲しいものはない。道頓堀の真斎橋に人形屋の新六といった人がいて、手細工で獅子笛あるいは張貫きの虎またはふんどしなしの赤鬼、太鼓をもたぬ安かみなり、これはみな子供だましだがそれを様々こしらえて、年中丹波がよいして、その戻りには竹の皮、荒布を代りにかついで、落着いた気分もなく、元日より大晦日まで、夫婦の食べて行くばかりに何とも忙しく、橋一つ南へわたれば常芝居があるのに、ついに見た事もない。燈台下暗しといったところだが、油のへるをなげきさえする倹約心よりこうなのである。

この人が或る時、道に行き暮れて、里とおく群雲が出て山も時雨をもよおし、風は松を騒がせ、次第に淋しくなるので、ようよう安産の地蔵堂に立ち寄って寒い一夜を明かした。すでに夜半と思う頃、馬の鈴の音がせわしく耳を驚かし、旅人かと立ち聞きしたのに、形は見えずに御声あらたかに「お地蔵、お地蔵」と呼び給うて、「今夜の産所へ見舞い給わぬのか。丹後の切戸の文殊じゃ」と宣えば、戸帳のうちより「今宵は不意のとまり客がある。役々の諸神諸仏によろしく」といってわかれ給い、その夜の暁方に又文殊の声がし給うて「今宵五畿内〔山城、大和、河内、和泉、摂津〕だけの安産が一万二千百十六人、この内八千七十三人が娘だ。中にも、摂津の国三津寺八幡の氏子、道頓堀の楊子屋に願いのままの男の子が安産した。母親はよろこぶこと浅くなく、大きな顔して味噌汁の餅を喰うなどしているが、人間がゆく末の身がどうなって行くか知らぬのは浅ましい。この子は美少年に育ち、のちには芸子になり、諸見物に思いをかけられ、これの盛りの時に至って、十八歳の正月二日の曙の夢と、かぎりある命を世間の義理ゆえに捨てる若衆ぞ」と先を見とおしての御物語をありありと聞いたが、程なく常のごとく夜も明けしらみ、新六は地蔵堂に起きてわかれ、丹波より難波へ帰って見たのに、南隣りの楊子屋に日も時もたがわず男子を産み出して、今日は六日目とて、親類が集ってはじめて髪を垂れる〔剃ルヲ忌ンデ逆ヲイウ〕祝言をしたころからもうこの子はととのっていて役者の適材で、そのわけは今からさえ鬢付きの色がこく、首筋、生え際までこの美しさやから比べるものもない太夫になるに決っているとまだ子供で揚巻髪のころから朝に暮に大事に掛けて育てているうちに、はや十三より衆道の訳知りになって、軽い気持で人に悩ませる冗談事の上手だが、人はこれを恋しのび寄った。

戸川早之丞と名乗って大和屋甚兵衛座に出たが、その若衆方の装いは外のものとは格別にきびきびしていて、諸芸を藤田小平次にもまれて荒事を殊更うまくこなし、尾上源太郎の替りにもなるべき者と人がいった。それのみか衆道の一分のたしなみも情ふかく、人の言葉もあだにはせずに、それと浮名の立たぬ程度によろこばしたのは、その数の限りが判らぬ位であった。

いつの頃からか役者仲間にねんごろ分を求めて、年月の心づかい、それはそれはここに思いつづけて書こうにも紙面が足らない。この念者と申しかわしたのも、「口惜しい事ながら、身の勤めだから、大っぴらに逢うほどの大尽は仕方がない。それより外の浮気沙汰の人には、狂言の仕組では別だが、これより外では人に手を握られること神かけてぞ致すまい」といい交した。何としてもこの心ざしは変らず、その後は銀勤め客も自然といや気がさし、彼の者が次第にかわゆくて、酔いもせぬ酒に取り乱し、面白くもない座敷のとり廻しに、後には人も訪ねてこない。「火の車ではないか、大節季〔大晦日〕も近いぞ」と意見してもなおやめず、極月〔十二月〕二十二、三日ごろまでうからかと月夜に夜が明けるようにいつ夜が明けたともしらず暮していたが、そのすえずえが闇となってしまった。

はや初芝居も程なくとなり、舞台衣裳にこって色々の美を尽し、あっぱれこの小袖をかさねて、巧みに狂言をして見せ、念者めを泣かせてと、心も浮き立ち春を待っていた宵に、金剛が万の心当てにしていたあなたこなたの付け届けもなくて、胸算用がはらりと違い、三五の十八。「十九、二十度ずつも酒のみ荒して、それの気のつかぬ大尽め、大晦日の闇の鬼に噛ませてやりたいわ。けれども、薬代、花代は取りにやらせられぬ物なのに、さりとは憎い」と今になっての当惑、大方の人には留守、留守と、二番鶏なくまでのがれ、「とにかく無い袖は振れぬ」というけれど、呉服屋は気が強くて勘忍せず、「殺生だ、松の内にはきっと支払いをすます」という断りも聞きわけず、ふだん着までも残らず取って帰ったから、いって甲斐ない恨みをいい、むごいやり方だと、これからどうするかを考えているうちに、南の方から今宮の若えびす売りなど来て、新しい雪駄の音がし、人の姿も心も春になって、東は高津の宮の松の葉越しに初日が出て、常とはかわった気分である。何心もなく早之丞は打ちながめて、堀江の若水に口そそぎなどして、身の上を祝うて歳旦の和歌を吟じている所へ、坂田小伝次、山本左源太が大振袖の色香を含ませ、梅か桜かこれぞ花揃えといった風で、「さあ太夫元への初礼一緒に」とさそえば、よろこんで冬より着つづけた小袖をぬぎ捨て、「今日の肌着は浅黄よ」といわれた時、金剛はまだ隠して、「御袖ゆきが違って皆々仕立なおしに」といえば、物静かに声をして、「わたしは御後より」といいやるのもやり切れない。

その日も空しく暮れて、明けたら二日のはじまり、太鼓がひびきわたり、まだ人の顔もはっきり見えぬうちより、諸の職人の弟子が、たまたま暇を得て鼠色に五所紋の袖をつらね、無理ばきの革足袋がほころびるのをようしゃなく、足早に、言葉せわしく、「早之丞の芸ぶりを見にゃならん」とつぶやいて行く。その後、式三番*がすんで狂言がはじまるといって楽屋から使は来たが、衣裳はない。今は仕方なくこの事を話すと、早之丞はうち笑って、「浮世ほど思うままにならぬものはない」と二階へあが

るのを見たが、筆ばやにその事とはなく書置きして、「惜しいのは命だ、これは、これは」と歎いても帰らぬ若衆、普通では死なれぬ所をすこしの義理につまって、武士でも出来ないだろう最後は末々の世の語り草でこそある。物は争えない事、安産の地蔵の御ことば思いあわすればまことに正月二日の骨仏とはなった。

〔安産の地蔵ハマチガイ、文殊ガイッタ〕

## 恨見(うらみ)の数(かず)をうったり年竹(としだけ)　（第七巻）

芝居子と同座した時、しないでおくべきは年せんさくである。

秋も末の気配の露に、時雨も淋しい程は降らず、昼から西日へと移って、東山(ひがしやま)の雲に虹(にじ)の大筋なのがかかる模様の縞繻子(しましゅす)を着連れて行くは誰が子ぞ。村山(むらやま)座の御太夫、磨かないでも光ある玉村吉弥(たまむらきちや)といった。今の花の都で思いをかけない者はない。

その日は衣(ころも)の棚(たな)四六と名も高い美少年好きの誘いで伏見(ふしみ)の城山へ初茸(はったけ)狩に行くといって、若衆あまたと浮かれ男とが四条河原(しじょうがわら)を出て、はやくもここは櫃(ひっ)川*という。むかし詠(よ)み残したという樺桜(かばざくら)も紅葉(もみじ)しておった。春にも勝(まさ)っていると思われる眺めに、つづく藤(ふじ)の森(もり)の宮所をすぎ、山を南にのぼってから麓(ふもと)に京駕(きょうかご)を下して、花紫の帽子姿を松よりほかに見る人もないから編笠(あみがさ)をとり捨て、美しい顔を出して乱れた薄(すすき)を風流そ

うに分けてゆくのは、思えば「恋の山入りそむるより袖は濡(ぬ)れの盛り」と、外から見てうらやましくこそある。大体、傾城(けいせい)〔女郎〕は床の内、野郎は道中の慰みと色に馴(な)れた人はいっている。

その日も暮ちかくなっての茸狩で、たまに見付けたのを手ごとにかざして、里ばなれのした草庵(そうあん)に入って内を見ると、若衆の恋文を壁の腰張りにしてあったが、名書きのところはむしりとってあって尚(なお)おくゆかしく、目を留めて見たが、文章はみな結構なことばかりで、この文はひとりの筆ではない。舞台子の名残りである。この法師のむかしは只の人とは思われないので持仏堂をあけてみると、真言宗と見えて弘法大師に菊、萩を手向け、その脇にうつくしげな若衆の絵姿をかけ、大変有り難くおがまれ給うた。

「これは」と庵主にたずねたら、過去のことを語るのに案の定この道に身を捨て、「つらい親仁にふそく〔不足トイウ解モアルガヨク判ラヌ〕二年あまり、ここで山住いの夢にもその事を忘れない」と涙で墨染もはげるばかりに歎いた。聞けば哀れさまさって「おいくつ」と年を問えば「自分はわきまえのない年頃でもありません。二十二になりましたとか」「それは花は盛りになり給わぬ御身ぞ」と一座の子供役者どもまでも人並みだから義理に袖をしぼる。その顔つきは大方は分別くさく見えた。どうせ二十二より下のはひとりもない。その中に飛子の時から考えると、随分古い若衆がおる。ついでに年を問うと、「覚えていません」というのこそ滑稽である。あるじの法師がいうのに「ここに幸い年竹*といって知れぬ年が正直に知れる物でこそあります」と、かの若衆に年竹をもたせて立たせておき、もったいらしく印をむすんでから、しばらくしてこの竹を打つと皆々声をそろえて数を取った。十七、八、九までは何心もなかったが、それより上は恥かしくなって、左右の手に力みを出し、一生懸命打たぬようにしたけれど、不思議やうちやむことなく三十八になってかの竹は両方へわかれた。若衆は赤面して「うそったらしい年竹」と掻きやり捨てられたのを、法師は眼色かわって「諸仏も証拠、これに偽りはない。疑わしいなら幾度なりとも打って見給え」という。この座の若衆は化けの皮がはげる事がおそろしく誰も打つ人もなく座興がさめていた。これから酒にしろと初茸を塩焼にして、各々前後を現の枕としてたわむれた。折を見てとって羽織の無心をいう若衆もあり、六間口の家の約束するのもあり、その場で小柄をもらうのもあり、さてもさてもすばやく取りあげるのこそ滑稽である。

このおもしろい最中に「都には珍らしい男伊達、雲の今とぎれ」とわが悪名をいい、枝折戸に入って小者に長刀をもたせ竹椽にのさばり出て、「玉村吉弥が受けた盃をここへ」という。吉弥はきかぬ顔をしておったが「この盃はこの内にあげる方がお一人ある」というと、この男は「堪忍ならん、是非いただかねばならん、お肴はここに」と例の長刀をとって振り回せば、どの人もおそれて詫びるがきかない。吉弥は打わらって、「にくさもにくし。只はおかぬ。わたしに任して皆々先へ」とかえし、吉弥はかの馬鹿男にしなだれ寄って、「今日の面白くない事、町人のまだるいつきあい、酒ならばこうした殿こそ呑まれたものぞ」とやたらこたらに呑みかわし、その男の機嫌をはかって、いいように持って行くと、このたわけは寝もせぬのに夢のごとくなっていつとなく恋を仕かける時、「どうしてもむさくさとしたお髭が邪魔になって、口を近寄せることも心配です」などといえば、「君の御気に入らぬ物を面に置いてもしょうがない」小者をまねいて「御気に入るほどに剃れ」という。「いっそわたしの手にかけて殿ぶりをよいように」と吉弥は剃刀を取りもって、この男の口髭は残して、物の見事に左の方の鬢を剃って右だけあったままに捨て置いたのだった。万事覚えず鼾あらあらしい中にここを足早に立ちのき、京へのみやげにこの男のつり髭を持って帰ると、誰も大笑いして、「よくまあ手に入れたものだ。これを肴に酒よ」といえば秋田彦三郎が即座に髭舞いとはやし出し、座中に腹を抱えさせた。

かの男は目覚めて後、剃られた髭を惜しみ歎き悲しんだが「どうにもならぬ身の上だ」と看板の髭をとってしまい、この事件について何もがたがたいわずに帰って行ったのである。その後見れば勧進的*〔寺社ノ勧進ノタメト称スル賭弓〕を世わたりにしていた。髭がないことを想像してなおさらこの者がおかしかった。

# 声に色ある化物の一ふし＊

（第八巻）

「やあら＊目出たや、鶴は千年、亀は万年、東方朔は九千歳」と、年越しの夜の厄払いの高声に、老の浪立つ敷寝の舟が春に近づくのをおどろき、曙は同じなのに若水と祝うて顔を洗ったところで、寄る年が寄らずにおる筈があろうや。特に、縁遠い娘の親、芸子の親方は数えるいり豆に又、今年も暮れたんだなあと常の人よりは一しお惜しんだ。いずれにせよ若衆の盛りは四、五年が花で、思えば眺める間がせわしかった。女程ながつづきするものはない、願わくば女がたの藤田皆之丞を生きながら女にしたいという人が沢山である。この広い都には女はどのようなのでも有る。或る人が論じたのは「これをわる物ずきというのだ。同じほどのが稀な若衆に、女の真似をさせることさえいやだ」という。この道を好くからにはそれ程でなくては、である。

皆之丞の美しい風情は、まずかずら顔は雲間の月が僅かに出ているのに異らず、まなざしは玉芙蓉を欺くといったところ、言葉は巧みでしかも優し気に、すべての事でひとつとして下に見られない。上京の御車の前後に侍する官女が男珍らしく思うように趣向した舞台つきで、人は偽りをまことに見なし、情しらずも淫奔になった。男よりは上臈衆に思いこまれて迷惑した事も幾度かあるが、けれどもかりそめにもあってはならぬ事〔若衆が女トネルコト〕は全然無かった。風俗はふだん着がほかと変って、黒羽二重に白小袖を重ねて、見て飽きることがない。一度に肌着も十の数も拵える事は今の世の子供役者のしない事だ。これはみな養父小平次の見事な趣味で、川原の水際立ってしおらしい。

この美少年難波の大舞台で松本名左衛門*が草も木もなびかせた頃、はじめての舞台姿、それは梅のつぼみといったところで匂い深く、「春やむかしを」のむかしを忘れず、小指に結んだ二また竹〔恋ノ印〕の縁にひかれてこの君をつれて天王寺の彼岸に参詣した。一緒に行ったのは浅香主馬など都の殿で、それらと連れ節で小歌をうたい酒となり、この酔いのふわふわした気分で巫女町に行き、沢井作之助の霊を梅の木のこさんに口寄せさせるのもおかしいやら悲しいやら「訪ねて下さって嬉しや」という時にひそかにここを立ちのく。「そうといっても義理にも涙はこぼれない。仕組狂言で泣くことはこれを思うと、身過ぎほど悲しいものはないと、上村門之丞、西川市弥などが子供役者の時いった事は、こればかりは至極もっとも」と大笑いして、その春が過ぎて行ったのも夢なのか。

蘆の青葉の風も住みなれた浦では珍らしくもない。京の風が恋しく、涼みにいざと、さそう水茶屋の後家の店ですぐ相談がまとまり、しまりなしの七十郎*、いい出すからには後へも先へも行かぬ石車の伊右衛、「太鼓は持てど、地話しはならぬならぬ」〔地話――普通ノ話ノコトデアロウ、普通ノ話ハシテハナラン、ソノナランニ太鼓ヲ出シテ、シャレテオルツモリデアル〕と立って行くと、淀河の南の浅瀬に水覚船〔水学宗甫トイウ盲人ガ工夫シタ早船〕を寄せてのりこみ、大尽は勿論、みなが「おせささよい」とこれ盃踊り、盃が右から左へ移る間に夕暮れはやく石垣町についた。

大鶴屋の二階より見渡すと、都とはここのことであろう。京の人にも目鼻はあり、大坂とても手足はかわらず、小判もここにおとしてはないし、別に変ったようにも思わなかったが、狭い涼み床に豊かな女がまじって、いずれも厭な風儀のはひとりもなく、目に正月をさせて、飾り縄の染出し浴衣、御所ちらし、千筋、山づくし、曙縞、宮崎友禅の萩の裾書き、白鳶の若松、色々の模様好みも素人目にはあだおろそかに見るだろう。

この夕は祇園さん〔八坂神社〕は若衆が来てさぞ嬉しかろう。先ず神慮を清める神楽をあげ、仕合わせの木工兵衛にささやいて、人の顔が見えぬ時に、女達の近いところへ床をなおさせ、皆之丞をさそって行き、紋なし提灯に面をそむけ、若衆みなみな丸袖の羽織でおかしく〔若衆ハ長袖ガ常デアル〕夏頭巾の山はさながら錦を夜かぶりするようにかぶらせ、荒々しい作り声で話すが、狂言作りの平兵衛もそれとは判らんだろう。これも乱酒になって、与左衛門が忘れて君〔若衆〕の名をよび、あらわれわ

たる宇治の川島数馬、浪に色ちる玉本数馬、連れ弾きの撥音しずかに歌山春之丞も憎からぬ。たわむれの仮枕にすこし夢みるうちにも、親仁の精進日をおもい出し、宵の鮓にびっくりして口をすすぐなど感心ながらおかしい。「後の世など廻り道で遠い。近道で面白や」というところへ、夜の編笠きた怪しい奴がこの上

ない物数寄の床に仕掛けて来、「伽羅の焼がらくださいませい」という。「都だなあ、しゃれた物もらい」と気をつけて見ると花咲左吉である。「色っぽい床を見に廻るためにか」といえば、大笑いして「今宵は見た人はみな悪女だ。同じ値段で醜い方に床を貸すのはしばらくであっても因果」という。「お前の見残しがあるだろう」といっていると、俄に幇間が商売口を叩き「火桶は、火桶は」と涼みの頃に売るのも変なものだ。「御慰みになる碁の相手、一番三文ずつで負けるように打ちます」「内儀様方の白髪を月の光でぬきます」「お若い衆に喧嘩の相手はいりませぬか」と声々にさわぎまわるが、さすが治まっている代のためし、誰かまうもの

もなく合口は落さぬように扇ばかりの風で身を楽しんでいた。この静かな人の心を思うのに、銀溜めて引込むところはここに限るよなあ。

なお水上を眺めて行くのに、三条の橋よりかみに世間ばなれのした床涼みがあった。備前焼の茶瓶に天目茶碗一つ、この外に盃も見えず、皆分別らしい顔つきで、洗いさらした帷子の尻をまくって坐り、二十一桁のそろばんをはじいて、酒、肴、茶、たばこ、大体概算でどのくらいと、涼み中の入用を勘定してこれを遊山の種としている。「さても暇ある男がこんな事で大事な京をせせこましくした。芸子の勘定は大分の事になるが、計算に入れぬのか」と指さしておかしがり立ち帰ると、夜露もふけては袖が気になり、ちりぢりに床から帰って行き、人の山もはじめの川となり、水の音のみ次第に淋しく、東の岸には役者の声ばかりそこそこに残った。坂田藤十郎の一組、藤川武左衛門の酒友達、嵐三郎四郎も上機嫌で、夜半の鐘に「明日の舞台勤めを思えば、身にしみる川風に声をとられるな」と立って行く。そのあとは十三夜の月が東山を我物にし、松の梢を照りのぼったので、四条通りを蚤が飛ぶのも見え渡った。

とかくは寝ての楽しみと大尽はめいめいに美少年をなぐさみに残した。濡れる相手なしの者は宵の中に相手を作っておいたらよかったと、いうても返らぬ事をいうては悔み、同じ蚊屋に素男ばかりの並び枕で特別に口惜しかった。今から行っても陰間の手すきのがあろうと思われて、銀を置いた覚えのない棚までさがすという風にかき集めて、石垣町の燈火に姿が障子にうつるのを、それこそ好まし気に見ていたが、立ちつづいた茶屋の棟の上に美しい女が絹縮の広袖に黒じゅすの前帯、髪をとき捨てて中程を結び、金の房つき団扇をかざしてあらわれその怪し気な女の様子に、晴れた月にもこの不思議は晴れがたく、一人残らず魂は消え、心の中で観音経など読んでしばらくたってもその姿は消えもせず、軒端に近く下りて来て、誰とは判らぬが人を招いて「情知らず」というのにこそ、疑いなく恋とは知られたのだ。各々身に覚えがなく胸がさわぐうちにも、こんな目に逢うことならばと思う。かの女はもだえて「せめて言葉のかえしはないか」と泪は袖をつたって白玉を数々くだいた。自分で自分の文をなげつけたが、上書に「多古の浦袖さえ匂う」とあったのは、皆之丞への思い入れで、一しお哀れさがまさり、「せめては盃事よ」と太夫に無理にのませて、軒端へなげると、女は嬉し気に口つけて、間もなくなげかえして「ここは空盃ながらお一つ」といい、屋根の上からうたった小歌の声はこのあたりで有名な井筒屋のお娘の声の調子によく似ていたという。穿索するでもなくそのまま明けて行く空の名残、男女に限らずこんなに思われるのはこの君の美徳の一つである。

# 執念は箱入の男

（第八巻）

田代如風は千人切りして津の国の大寺に石塔を立て供養をした。自分も又、衆道にもとづいて二十七年、そのいろを替え、品を好き、心覚えに書き留めていたのに、すでに千人に及んだ。これを思うに、義理を立て意地づくで契ったのは僅かである。皆、勤子のため厭々ながら身をまかせたので、一人一人の思ったことを考えるとむごい気がする。せめては若道供養のためと思い立って、延紙〔鼻紙〕で若衆千体を張り貫きにこしらえて、嵯峨の遊び寺へおさめて置いた。これ男好開山の御作である。末の世にはこの道がひろまって、開帳があるべきものではある。

或る時、備前の人々が住みなれた国の方で浦々の春の浪、牛窓*の白魚、虫明の瀬戸の海母、琴の泊りのあみ海老、これを肴に明け暮れのんでいたが、小島酒はうまくもないし、孔子くさい顔つきは所のならいで収まりすぎており、先の知れた命の程を思えば楽しみがない、都の桜の散らぬうちにと、吹く風も船のためにはうれしく、京へのぼると安居の藤も今が見頃という時の鐘、明ければ芝居を見つくし、暮れれば品定めして、昼の面影を忘れぬ野郎を招いた。

外にもいろいろあるが、座敷は菱屋六左衛門の浜二階にすると、東に名山〔東山〕、石垣町、筋向いに四条の橋を目の下にし、ここは又、京の中の京という所である。今宵の遊興は常にもなく有難い美形の集り給う中に、有躰頭といって御姿のすぐれておがまれ給うのは、竹中吉三郎、藤田吉三郎など、神代このかた古今に稀な者、心憎い程化粧が見よげである。なお、うつり香に心のとまる袖岡政之助、歌の一節は思い入れる元になり、それに光瀬左近、外山千之助の五人が打入ったわけで、これぞ今の世にいう色づくし、物いう花山に入るといったもので、春の夜に並べる枕の身もそれに馴れていて、たわむれ女とかわるところがない。

「これを思うのに、一しお玄人若衆がやさしい。若衆は互いの心ざしより契りを固めて命をその人に托し、万一の時の後だてにもなって貰おうと、末々のことを頼母しく約束する。この君たちはそういう楽しみもなく、しかも心底がはっきりせぬ初会より、その身を客の物にして勤め給うのは、素人若衆の情の深いのより勝っている」と人の気のつかぬ所に心を働かせ、粋がっている法師の無用の詞には興が有りすぎてよろしくない。けれどおろかではない太夫子のあしらいで、座は少しもしらけずに、酒盛はますます盛んになった。

亭主も、廻りの悪い盃の時呼び出すと、のむ間に話をして、盃が重なり、偽りなしに酔い出して、料理自慢の長口上も言い切れず、かたづけられて大かたは夢になった

が、まことは忘れずに「もう吸物は宵から六色か。もう一度、桂川の柳魚に松菜をあしろうて蓋茶碗で軽う出せ。その後に、水を溜めた深い鉢に桜の花を浮かべて、生貝を角切りにして先細の箸を添えて出せ。色座敷は演出だけのものだ。銭三十ほどの物が小判二両になることを知らぬのか。わが才覚一つで、十三人

口食わして四十年過ぎるのは、世間の人に悪しからず思われている故だからだぞ。特に今宵のお客は他所の方だし、太夫さま達も今の都の花なのだ。お手がなったら猫までに取りもちをさせろ」といって寝入ってしまうのが二階に聞えて、それぞれの世渡りがあるものと一層おかしかった。

その後はがぶ呑みするものも出て来て、酒になれた「君」たちさえ、色遊びの気配が出て寝道具に移り、一人一人の衣裳は、竹中は浅黄がえしを下着に、中は紅鹿子、上は鼠しゅすの紋付、白らしゃの羽織に小鳥づくしの唐衣の裏を付け、八所染の胸紐をといて、白糸の長柄ぬき出し、左に少し身をひねって坐って、笑っている口もとのゆがむのが、一層しおらしい。藤田は白小袖の上にわが名の色〔藤色〕をふくませ、紫ぢりめん二つ重ねなのを、また羽織、帯まで同じで、同じ色の帽子でしめやかに身をかため、息づかいまでに気を付け自然と若衆振りが備わっている。筋目〔家系〕がよければよき大名の道具となるべき人がらのことも、今の行く末の芸の事までも、岩井半四郎と素面の時、ほめておいた。京でうれしがられ大阪で受ける衣裳であった。袖岡は黄の肌着に青茶椛茶の縞揃え、ぱっと派手な性質はまるで女のようだ。その物のいいぶりをたまたま聞いた人は作り声とも思うだろう。のっけから濡れてかかるのに誰もいやというのはいない。光瀬は白い下着に薄色の中形模様、縫分け縞のうね帯、もえぎの袋打ちの柄糸、丸みのある角の金鍔、髪の結いざまも一きわ目立って、鈍くさいところもなく人の好く風儀がある。外山は紅の色濃く白地に書き絵の東海道、いやしい馬方もこの君に心をつなぎ、川越人足もこの恋に沈み、身の上を白〔知ラヌニカケル〕川橋に、本当の旅人の声もして、鶏も客の立つ時を知らせて鳴き、頂妙寺では鐘をやたらにつき鳴らし、その数は百八やら八十八やら判らぬが、八十八夜の名残の霜*が三月二十八日の更けてから行く袖の冷やかに、遊ぶに飽かぬ男は性悪といっても、さてそれにはちっとも構わぬ世の中である。

　なんのかんのあって、「焼味噌で又酒よ」という時、門の戸を叩きあけて、「これを二階の各々様へ」と進上箱ひとつ渡してその使は見えなくなった。座敷へ持って出ての不首尾を考えて、先方から名をいわぬのもかしこい。こちらに問わぬのも利発である。見わたしたところ杉の箱だが、この中は菓子に極っておる。昼あった役者にはこのこと語らず、「誰が気を付けて送って来たものぞ」と、近付きを思い出してみるが、藤本平十郎、榊原平右衛門、杉山勘左衛門、坂田伝才なども、ここにいるのは知らぬ事だ。「さては天から降った一箱」と大笑いして開けもせず、そのままに捨て置いた。程なく太夫たちの迎え駕とて声さわがしく、いずれもあっさりした別れで、又晩も約束して、あうまでの淋しさよと君が立ち帰られた跡にとんと寝たが最後、尾も頭も覚えず、五人ながら枕も定め兼ね、いろいろの夢みる時、最前の箱の中より「吉三吉三」と何回も声がすること疑いなく、皆々聞き耳立てて起き上ると、箱に音がして恐ろしい。

　けれども、気の強い男がふたをとってみれば、美少年人形の角前髪、どんな人が作ったのか、そっくりの目つき、手足の力みが生きているもののようだ。なお気をつけて見るにこれに添え状がある。「自分はこのあたりの人形屋、この形を一しお心を込めて看板に立て置いた事年久しい。いつの頃よりかこの人形が魂のあるごとく身を動かした事が度々である。次第に心奢りして、近頃衆道に心を移して、芝居帰りの太夫たちに目をつける。これさえ不思議だったのに夜毎に名をさしてその子を呼んだ。何とやら恐ろしく外のものにこの事をかくそうと川原に流したのは二、三度だが、いつとなく家に帰っている。木の端が物を言うことは前代にためしもなく、聞き伝えたこともない。わが物ながら、さりとてはもてあまし迷惑している折柄、藤田、竹中両太夫どのがそこの一座に御入りになったのを見及び、これを差し上げます。又の世までの話の種にためしてごらんなさい」ときちんと書いてあった。その中で大抵のことでは驚かぬ男が進んで、人間に挨拶するごとく自分がそうして、「若道の心根とは優しい。両吉三郎に思い入りあるのか」といえば忽ちうなずいたので、いずれの人も閉口して興をさまして、昨日の宵の楽しみがむなしくなった。

尤もらしい人が渋面をつくって語ったのは「これとてもあなどることは出来ない。そもそも人形というものは垂仁天皇八年に野見宿禰大臣がはじめて作って、人の働きを得たのだ。唐にも后をみて笑ったという言伝えもある。この二人はすぐれて美少年であることが知れわたっている。こんな形のものまで恋をしたのだ」としばらく感じ入っていたが、まだ枕のとこにあった捨盃を取りあげて、「これは皆、君のお口の添うた跡ぞ」といただかせて「大体この人たちを諸見物がおもい入ったその数が判らぬ。とても恋はかなわぬ訳がある」とうまく行かぬ訳をささやけば、人形ながら合点した顔つきで、その後は目もやらず思い切った。こんなものさえこの聞き分けがある賢い世に、親の意見を尻に聞かし野郎ぐるいの事がつのって、家を失い、所を去り、飽きもせぬ妻子に暇の手紙をやり、都を立って江戸へ行けばとて、一升入りの壺の中に埋め金もない。そうであるが一代、切り取った跡がへらない金の棒があれば、一荷にして持ちたいものは、竹中吉三郎、藤田吉三郎、重い軽いなし、ともかく千枚分銅。

〔分銅型ニ鋳造シタ金銀塊ノコトヲ分銅トイッタ〕

# 心を染めし香の図誰（ずはたれ）

（第八巻）

江南（こうなん）の橘（たちばな）を江北（こうほく）に植えると忽ち枳（からたち）になりかわるということだ、そうでもあろう。日本の国にもその例（ためし）がある。江北〔淀河ノ北〕の赤ちゃけ頭の子供を、江南の金剛が手がければ、程なく太夫髪となり、あれがそれかとびっくりするほどの姿になる。人はなおよく作れば色をまして、どれも悪いのはないという者もあれば、美しいのは依然稀だという者もあった。

太夫元（たゆうもと）をはじめ役者仲間にも幾人か抱えてその将来を見たが、今の舞台を踏むほどになる子は千人にひとりである。姿は見よいが心が鈍である、あるいは利口だが芸にならぬ、三拍子が揃い兼ねて、親方を倒すもの数知れずである。必ずものになるだろうと思っていると病気になり、危いものはこれであろう。

これを思うのに、金銀は何惜しかろう、とにかくに命をのばす薬代である。その薬袋には「煎じよう常の如し」などとかいてあるが、若衆には常の人と特別に変ったところがある。風情は若衆であるが、その心ざしは上臈にひとしく、物固いところは捨てて、話し好きである。

昔は衆道といえば荒々しく力み、言葉に角を立て、大若衆を好み、体に契約の傷をつけるのをこの道とした。それを真似て、歌舞伎若衆までが刃物をふりまわすなどは無用の事というまでもない。今は山王の祭*さえ、血を見ずに御輿も渡らせ給うのである。武士も鎧かぶとのいらぬ御代であるから、まして色座敷には割爪〔オランダ船来小形ナイフ〕も出さぬのがよい。西瓜も勝手で切って皿盛りにして済むことだ。ただよわよわとしているのが当世の若衆というものだ。江戸では芸子の名を小紫と呼び、京ではかおるとつける。遊女の名も物やわらかで聞きよい。

袖島市弥、川島数馬、桜山林之助、袖岡今政之助、三枝歌仙など、美しきがうえに女のごとく紅の腰巻をすることも、恋の風情を含んでしおらしい。夜が明ければ芝居入りし、暮れには楽屋帰りするがそこを銀をつかわぬ人も沢山に見ればこそ紋所も覚え、名を知るのである。立派な役者だが、鈴木平左衛門、山下半左衛門、内記彦左衛門、幸左衛門などは帰るのにさほど気をつける人もない。木綿着物の広袖に薬鍋さげた子供下地〔修業中ノ少年役者〕も二つ折りの髪の結振りで、早くも目をつける。特に人の嫁御、内儀らしい人までも千日寺のあたりに立ちさわいで、ままならねばこそかえってやたらと恋心をもやすのだ。

この前、勝尾寺の開帳に大和屋甚兵衛をさそって参詣したのに、中津川*の舟わたしを越えて北中島の宮の森に駕を立てさせ、煙草よ茶などいってしばらく休んだが、後からまだ十六と見るが或いは十五かも知れぬ美女が、黒繻子の大振袖に宝づくしの切付け模様〔アップリケ〕、帯は白綸子に燕の縫とりに紫糸の網をかけて物好きなうしろ結び、水色の絹足袋に散緒の藁草履で、緋紗綾の腰巻が蹴かえすのにほのかに見え、低目に掛けた弾ね元結、透かし形のさし櫛、金銀延べ分けの笄、

浅黄地に金糸を入れて裏打ちした菅笠に、文反古の紐をつけて着ているその風采はどこをとっても悪趣味なところがなく、ありのままの素顔もすべてに欠点のつけようがない。左側には衣をきた科負比丘尼*（良家ノ子女ノ科ヲ身代リニ負ウ尼）、右には乳母らしい人が身近く付き添い、腰元、中通り（下女ト腰元ノ間ノ地位）の女までみな色めいて振舞い、つづいて駕を吊らせ、押えには五十余りの親仁と若い男一人で大脇差の恰好は町人であると見えた。

かの娘はここまでは何心もなくたどって来たが、甚兵衛と顔を見合わすと、上気して、袖をかえして見せたが、香の図（甚兵衛ノ紋所）の染込紋がありありと見えたのは、この時の出来心で甚兵衛に思いを寄せたのではないのだった。それからもだもだとして足もたたずになり、夷(えびす)の宮のある里より、その人は駕にのせられて美しい姿は見えなくなって別れた。又、縁があったのか、御山でもめぐり合い、目もとも悩まし気に跡をしたってくるのに、さまざまな寺宝を並べて口達者な法師が寺の縁起をまくしたてるが、「馬の角を蜂がさしたら何が大事か。牛の玉が割れてもかまいはしない。天から降った仏様も有難くない。あの人を」と殊勝そうに、娘が見る顔付は、かなわぬ恋であるから哀れである。だがこの女をもつ男の身になる事も厭なものだ。これが衆道ならば命もかえりみるもんではないが、それぞれ女嫌いのしゃれ仲間なので何とも思わず下向して、その夜は紅葉見をし、桜塚(さくらづか)の落月庵(らくげつあん)で物固い俳諧(はいかい)を興行をし伊丹鴻乃池の酒のもてなしを受け、この里には折々飛子もいるというのを最後の話題にして立ち帰るのに、道すがらややこしい女に袖ふれた事が不愉快で、天満川(てんまがわ)で水垢離(みずごり)をとり、女を見た目を洗い流して皆々道頓堀(どうとんぼり)へ帰った。夜が明ければ、恋のはじまりより芝居の果てまで、衆道の外のことは噂話もいやである。

この道は公然のものであって、三国(さんごく)の遊びであり、天竺(てんじく)では非道というのもおかしく、震旦(しんたん)では押甎(あせん)といってたわむれ、我が国では衆道が専ら(もっぱ)盛んである。女道があるために馬鹿者の種がつきない。願わくば、若道を世の契りとし、女が死に絶えたら男島と改めたい。夫婦喧嘩の声を聞かず、悋気(りんき)も治まって、静かなる御代にあうだろう。

思いの焼付は火打石売（第五巻）／姿は連理の小桜（第六巻）／忍びは男女の床違い（第六巻）／京へ見せいで残りおおいもの（第六巻）／蛍も夜は勤めの尻（第七巻）／女方も為なる土佐日紀（第七巻）／素人絵に悪や金釘（第七巻）／別れにつらき沙室の鶏（第八巻）／小山の関守（第八巻）

略

# 注

作成　池田弥三郎

七（頁）　日本書紀　原文は「日本紀」。六国史の名としては日本書紀であるが、本来は日本紀が正しい。俗間では、日本書紀とあらたまって言わず、日本紀という呼称が通用していた。

一二　衆道にもとづいて　天照大神は男神の名で、それに仕える巫女「ひるめのみこと」が、背後の天照大神の名とかさなり、天照大神が女神として考えられるようになった。民間の知識としては、その古神道の考えを、伝承していたかもしれぬ。

一三　衛の霊公　ことの由来を過去の事例に求める場合、まず「異朝」（外国）の例を、支那の古典によって引用し、次に「本朝」（わが日本）の例をあげていくのが類型的発想である。ここも、開巻の冒頭に、そうしたいき方をとりいれているのだが、漢の高祖からでずに、衛の霊公などから言い出している――しかも「びしか」を「やしか」と誤っている――ところが、俳諧式である。

一三　十一、二の娘が……　以下、かたや女、かたや男と、女色男色の対象としての優劣を、「ものあわせ」の形式を借りて、一気に併列していく。その「……と……と」というのを一組とすれば、二十三の組合せが書かれている。つまり、西鶴は、同じような境遇、状況の男と女との場合について、それぞれ二十三の場合を展示、開陳してみせているわけである。従って、口語訳の場合も、対立的に書かれている男女を一組にして、読み進むことが必要である。そしてその対立は一六頁一行目の「……見られるのとは、どっちか」という処で、対立の形がはっきりと結着する。つまり、「二つの中どっちか一つを選ぶとすれば、一体どっちを選ぶつもりか」と、読者の前に提示している文章の運びが、ここまで来てはっきりわかるのである。

一三 腰巻 原文では「きゃふ」という珍らしい語が使われている。普通「脚布」と字をあてているが、わからない。実物は腰巻のことだが、男のふんどしと同じく、ある資格を認められた女が、その資格を示すために身につけているもので、女ことばでは「おきゃあ」などという。次にも「脚布」がでてくる。

一七 石川丈山 いしかわ・じょうざん。この『男色大鑑』の刊行の貞享四年（一六八七）から、十五年ほど昔の、寛文十二年（一六七二）になくなっている。日東の李杜と言われたほどの、詩作をもって聞えた人で、その隠れ住んだ詩仙堂は、今は京都の一名勝となっている。「老の浪立つ……」は、丈山の歌「渡らじな瀬見の小川の清ければ老いのなみ立つ影もはづかし」で、詩仙堂に隠棲するときに、ふたたび、鴨川は渡るまいとの決心を示した歌。

一九 月鉾の町 例年七月十五日の祇園会に、月鉾を出す町のことで、京の四条の一画。従って、そこから聟にと望まれたことを自慢していっているわけである。

三 風の森 大隅の国の地名。

三 一条村雲の御所 京都上京区にある瑞竜寺。代々尼宮の寺。

六 竜骨車 水田の耕作にあたり、踏んで回転させて、水を田に汲みいれるしかけ。両脇の棒に両手でつかまるので「すがり」と言い、車輪状の板を次々に踏んで廻すので「ふむ」と言っている。

四五　中将棊　室町時代からはやった将棊の一つ。盤面は縦横十二の間、駒は合わせて九十二個。

四六　遠州行燈　えんしゅうあんどん。小堀遠江守正一が始めて工夫したものだというのでこの名がある。『和漢三才図会』の家飾の部に絵がある。倒れやすくないように、外からのあけたてが手易いように、特に工夫したもの。本文では、西鶴の説話の前置きの、例の短章として、思い付き、企画、アイディアの効果を言っているのだが、以下に展開するこの話は、必ずしも、そこに主題があるわけではない。

四七　又次郎　観世又次郎重次であろう。寛永四年八月二十四日、七十歳をもって没す。コヨリの発明、工夫は、観世流の太夫に結び付けて説かれている説がいくつかある。一説のごときは、文明年間（一四六九〜一四八六）の起原説であって、それでは、永禄元年（一五五八）生れの又次郎とは縁がなくなる。カンゼコヨリ、または、カンゼヨリともいう。

四八　武州上野の黒門前　江戸の黒門町。上野寛永寺の表惣門を黒門と言い、その門前町を指す。西鶴は、江戸の上野と言わず、「武州」と言っている。この章の中にも、江戸を「東武」と言っている。

四九　竜の口　江戸城から船を利用して、日本橋川から大川（隅田川）へ出ていくときの乗船場所。城の内濠の水が、道三堀に落ちるところで、そこから堀が外濠、および日本橋川に通じている。ただし、ここで、勝弥が仇討ちへの出発を、「竜の口より」しているのは、江戸城から出発していくようで、直参の旗本のように扱われている。

四九　着込の細工人　上衣の下に着こむ、くさりかたびらが、きごみ。着籠とも書き、きごめともいう。その製造人。小嶋山城は、当時名の聞えた鍛冶の職人であった。

四九　耳塚　今も大仏前に高さ三間に及ぶ石碑がたっている。朝鮮の役の折、秀吉の武将が敵の首の代りに耳をとって来て、それを埋めたところだという。「耳をとって、鼻を高くする日本」。ただし、名は耳塚だが、実は切りとって来たのは鼻だともいう。

五〇　善峰寺　京西山の名刹。西京区大原野小塩町にある。後一条天皇の長元三年（一〇三〇）、源算上人の開創と伝える。西国三十三所巡りの第二十番の札所。

五〇　卞和が玉に泣き　原文「卞和」は「卞和」が正しい。『韓非子』の故事。楚の卞和は宝玉を山中に得て、これを厲王に献じたが、認められず、左足を斬られた。次に武王に献じたが、また右足を切断された。卞和、哭泣すること三日三夜、ついに文王によって認められた。世にこれを、「和氏の玉」という。

五〇　甯戚が角を叩いて　『蒙求』の故事。明主に逢えずして、牛角を撃って、賤役に服していた甯戚を、斉の桓王が見出して、これを士太夫とした故事。

五一　伏見へ暮を急ぐ　淀川をくだる三十石船の、夜船に乗るために、乗船場の伏見に向って急ぐ人々を言った。

五三　引四九高目の祝い　不明。ばくち関係のことばであろう。あるいは、さいを投ずるときの、呪文か。

五二　誓願寺　中京区新京極桜之町にある、浄土宗西山深草派の総本山の一つ。南都における天智天皇の勅願という開創を伝える。

五七　浦の初島　ウラのハツシマ。今、尼崎市の中。次の「武庫の山風」は、六甲山の古名を武庫という。平知盛の幽霊がでたのは、大物の浦である。

六〇　魏の文侯　『韓非子』に載っている故事であるが、西鶴の記したのとは少し異なっている。魏の文侯でなく、晋の平公であって、平公が諸臣と会飲していた時、「人君たるより楽しきはない。ただその言うがままにして、違うものがない」と言ったところ、その場にいた盲目の楽師の師曠が、琴で平公をついて、壁を破った云々、という。本文の「師経」は、師曠となっている。

六一　母衣大将　ほろは、矢を防ぐために袋状の布をうしろに背負った、その具だが、後には形式化して指物となる。その母衣を掌った役の頭のもの。

六二　かくし横目　いわゆる「隠密」。スパイである。諸臣の言動を探偵するために、普通の人に身をやつして、立ちまじっている者。

六三　秋風に……　俗伝として伝えられていた歌で、源氏物語の本文には、この歌はない。

六三　左義長　正月十五日の朝、門飾りにした注連縄や松などを焼く行事。民間行事としては、ドンド焼きという。書初（かきぞめ）などもこの火で焼きすてる。正月に迎えた神の神送りであって、この煙の中に、正月様の御姿が見えるという。また、この火で焼いた餅を食えば、年中の病を除くという。

六四　朝顔寺　明石市鍛冶屋町にある大谷派の光明寺をいう。この寺に、光源氏の月見の池と称する朝顔の池（本文前出）がある。前に「死骸は妙福寺に」云々とあったが、妙福寺としたのは、光明寺のあやまりと思われる。

六五　雪中の時鳥　本文ではこの前に「夢路の月代」「東の伽羅様」がある。省略。

六五　岸の堂　「岸田堂長楽寺」（河内国渋川郡）を、なまって、俗に岸の堂と言ったものらしい。

六五　みっちゃ面　あばた面、みっちゃは、あばた（菊石）の浪速方言。

六六　桜田　江戸城西南面の地。千代田区皇居外苑に属し、桜田門がある。

七一　筑摩の祭　鍋かむり祭ともいう。滋賀県米原の筑摩神社の祭で、関係した男の数だけ、鍋をかぶって、婦人達が参加した神事である。平安朝時代に、すでに、地方における奇習とみられていて、伊勢物語に、「近江なる筑摩の祭とくせなむつれなき人の鍋の数見む」がある。もっときびしい信仰行事としては、巫女の資格審査として、イザイホウという神事が、沖縄にある。

七四　雲母越え　京都から比叡山への登り口の一つ。左京区の修学院の南、音羽川の渓谷に沿って、四明が岳を経て延暦寺に到る、五十丁の道。もっとも急坂だがもっとも短い。本文に「はるかに四里の山道」というのは、数字が合わぬ。比叡の奥から京の町までのつもりであろう。

七六　元三大師　グヮンサンダイシ。良源、おくり名して元三大師。その本房をも元三大師と通称する。西塔からさらに東北に一里ほどはいった横川にある。

七六　鄧通　漢の文帝に愛せられた美少年。

七六　新田義治　新田義貞の弟、脇屋義助の子で、式部大夫義治。天下にならびなき美男子といわれた。

八〇　長田山の西念寺　三重県上野の西、阿山郡長田の西連寺かと思われる。

八三　薬はきかぬ房枕　巻三、五章の中、この章の前の、三、「中脇指は思いの焼残り」は省略されている。

八五　天海大僧正　江戸上野の寛永寺の開山。家康に身近く仕え、徳川幕府初期に勢威ならぶ者のなかった僧侶で、女性の春日局の権勢と併称された。三代将軍家光の時代、寛永二十年に没した。

八五　中尊権僧正　江戸浅草の浅草寺の僧。天海とほぼ時代をひとしくし、寛永十六年に没している。

八六　貞観政要　政治を執り行なう者の、必読の書と言われた、唐の、呉兢撰、十巻。貞観（唐太宗の年号。六二七〜六四九）年中に、太宗が群臣と政事を論じた問答を、編述した書物。

八七　富士の狩場のあわてよう　夜襲をかけたやり口から、曾我兄弟が、富士の巻狩りの陣屋に討入って、親のかたき、工藤祐経を討った夜討ちをひいたのである。

八八　東福寺　京都五山の一つ。東山区本町にある。

八八　慶養寺　浅草今戸にある。創建当時は、浅草の鳥越にあった。

九一　虎の御門　虎の門は、今も地名として残っている。現在の文部科学省の所在地の近くに、御門の趾を伝えている。

九一　姑射の神人　藐姑射の山の神人。荘子の逍遥篇にある。仙人が住むという想像上の山だが、日本では、上皇の御所を指していっている。

九一　横目　監督役の者。この章に「大横目」という語もある。それは、横目の者の頭をいう。

九三　金川　神奈川。今、横浜市神奈川区がある。旧東海道五十三次の一。

九三　心なき身にも哀れは　大磯（神奈川県）の鴫立沢は、この西行の歌「心なき身にもあはれは知られけり鴫立つ沢の秋の夕暮」から、歌名所となった。

九七　榎のは井　非常に古風な知識である。催馬楽に「葛城の寺の前なるや、豊浦の寺の西なるや、えのはゐにしら玉しづくや」がある。「和州葛城の山近く」の本文は、山の名と寺の名とを混同している。

九八　待兼しは三年目の命　以下巻四にはいる。巻四では、一、「情に沈む鸚鵡盃」、二、「身替りに立名も丸袖」を省略してある。

九九　川風が吹き上げていた　原文「川風吹上に立り」は、和歌山市の西南部の、古来、文芸の上での名所となっている「吹上の浜」の地名を含めていると見られる。

九九　玉津嶋　和歌の浦の名勝の一。すでに奈良朝時代に聖武天皇の行幸があった。今、玉津島神社がある。

一〇一　意気知　原文「意気智」。意気地と書くべきを、自由に表記したものと思う。

一〇三　筆すての松　すぐれた景に直面して、描き得ずして、画工をして筆を投じさせたという松。

一〇四　障子　原文「明障子」。今の障子が昔の明障子で、当時障子といったのは、襖障子に対していった。

一〇四　大橋流　和様の書法の流儀の名。大橋重雅によってはじまるという。重雅は寛文十二年没。

一〇五　さんさ節　さんさ、ざんざ、ざざんざなど、歌謡の囃しことばである。西鶴のころ、流行した歌謡に「さんさ節」があったことは、元禄十六年刊行の『松の葉』に、採録されていることで明らかである。

一〇七　十日ごろの気ぬけした心　六日のあやめ、十日の菊という諺がある。五月五日が菖蒲の節供、九月九日が菊の節供だから、六日と十日となっては、それぞれ、時おくれで役に立たぬ。

一一〇　非人物語三番つづき「つづき」は、「つづき狂言」のこと。訳者注にあるごとく、非人の仇討ちを主題とした歌舞伎狂言は、上方の芝居で、寛文延宝の頃に栄えた。

一一九　泪のたねは紙見せ　以下巻五。巻五では、三の「思いの焼付は火打石売」を省略。

一二〇　色河原　京の庶民生活における娯楽は、「河原」に集中し、ことに祇園の社前に拡がる四条河原が、その中心となった。いわゆる「いろもの」も多かったところから、色河原といった。

一二五　浜　訳者注――ココデハ道頓堀河岸。京は河原、大阪は浜、江戸は河岸、というのが、川と、陸上における庶民生活との接触の場所となっている。

一二七　雨が降って　芝居小屋は、「座」といっても、舞台と見物席全体を覆う屋根などは、もとはなかった。土間の一部に板葺の屋根ができたのは、江戸では、元禄の少し前である。

一三一　三津寺　本章の題名に「三津寺の八幡」とあり、巻七の三にも見えている。大阪三津寺町にある。

一三一　難波の夢　難波の春は夢なれやと西行も歌い、秀吉も、難波のことは夢のまた夢、と辞世をのこした。そうした先例はともかく、しづまもまた、難波の夢のごとく、あわれ、はかなくなった、というのである。

一三一　仏法僧　鳥のなく声を、聞く側の知識で仏法僧とないていると受けいれ、その鳥の名をもそう呼んだ。

一三七　乗掛の絵馬　この題名の解説は本章の末尾に作者が書いている。玉村吉弥が、乗掛馬に乗った様を描いた絵馬。それを江戸中の社寺に奉納した、とある。

一四二　人から木の端のように　法師は、木のはしのように人から軽蔑されるとは、『枕草子』にある文句。

一四六　髪置頃　人の年齢の段階を、髪の様子でさまざまにいう。わらわ、かむろ、あげまき、うないはなり、めざし等。かみおきは、そういう年齢段階のきざみの儀礼として行なわれ、はじめて、かみそりを入れ、整えるという心を示す行事。それの行なわれる年ごろを、ここで「髪置きごろ」といった。

一四九　王昭君　本書で省略した巻五の三にもすでにでている。後漢の元帝の後宮の女性、昭君。

一五四　袖も通さぬ形見の衣　巻七にはいる。七では、一の「蛍も夜は勤めの尻」、二の「女方も為なる土佐日記」、五の「素人絵に悪や金釘」を省略。

一五四　猿に袴をはかせた看板　日本の猿は、歯が白いところから、楊枝屋の看板に猿が描かれるようになったという。

一五六　式三番　能では「翁」と言い、歌舞伎では「三番叟」（さんばそう。略して、さんば）という。能に対して、その芸能としての位置を、常に一段低いところに位置づけていた歌舞伎では、同じ内容でも、翁に中心を置かず、三番叟に中心があるという形を示した。しかも、三番叟がまず行なわれて、はじめて歌舞伎芝居がはじまった。

一六〇 櫃川　都をでて、伏見から宇治に到るまでの間にある川。

一六三 年竹　これを両手に持って打つと、当人の意思にかかわらず、その人の年の数だけ打つという、呪力のある竹。

一六四 勧進的　勧進は、寺社に代って、寄付を集める行為である。

一六五 声に色ある化物の一ふし　巻八にはいる。巻八では、二の「別れにつらき沙室の鶏」、四の「小山の関守」を省略。

一六五 やあら　厄払いの文句。長寿の者を並べていく形をとる文句の一節をあげている。東方朔は九千年生きたという、伝説的人物。民間では「東方朔は八千歳」ともいう。

一六六 松本名左衛門　元禄以前、万治、寛文のころ、大坂で櫓を許された松本名左衛門座の座元であり、若衆方から若女方と進み、人気絶頂をきわめた。

一七〇 地話し　地女などの「地」であろう。専門家の行なう、芸としての「話」でないものをいう。

一七三 牛窓　備前の、内海沿岸の各地が次々に書かれている。牛窓は、今、岡山県瀬戸内市の港。

一七六 名残の霜　八十八夜におく霜が、いよいよその年の霜の終りで、忘れ霜、別れ霜ともいう。八十八夜は、立春の日から数えて八十八日目。およそ五月初旬、二、三日のころ。

一八一 山王の祭　神田明神と山王の祭とを、江戸では天下祭といい、一年ごとに交替で、本祭、かげ祭が執行された。江戸の町の中での中心の江戸の氏子を二分する氏神である。

一八三、中津川　勝尾寺は大阪府三島郡。そこへ行くために、渡るのが淀川の支流の長柄川である。中津川はその別名。

一㊅ 科負比丘尼　貴人のけがれは、身近におく人形類が吸いとったのだが、その役を比丘尼が勤めて、つき添っているのである。日本の下級信仰には、代参、身替りの信仰がある。

# 解説

井原西鶴が生きていた時代、男どうしの恋は日本社会において公然のふるまいであった。日本の歴史上、男どうしの恋が「性倒錯」「変態」として抑圧されるようになったのは明治以降であり、近世以前の日本においては、歌舞伎役者、武家社会を中心に、男たちの恋は普通に行われていたのである。

西鶴はそうした時代の恋物語を、『男色大鑑』に生き生きと書き残した。この富士正晴による現代語訳は昭和四十六年の出版、暉峻康隆による校注・現代語訳も同時期に出版されているが（小学館日本古典文学全集、昭和四十八年）、西鶴の作品としては、『好色一代女』（貞享三、一六八六年）や『好色五人女』（貞享三、一六八六年）は、映画化、舞台化もされて著名であったものの、『男色大鑑』については、一般読者にも研究者にも十分に注目されることがなかった時期が続いた。せっかく口語訳と注に尽力した先人がおられたにもかかわらず、もったいないことである。昭和四十年代の日本では、男どうしの恋が日影者扱いであったゆえといえる。

ところが二〇一六年には「BL漫画」としてコミック版が出版され、新たな現代語訳も登場（染谷智幸・畑中千晶編、『全訳男色大鑑』二〇一八年文学通信）、本現代語訳も復活と、ここへきて脚光を浴びている。私自身が平凡社『太陽』に「美少年尽くし」を連載した一九九〇年当時には、『男色大鑑』もまだマニアックな関心を集めたのみで、連載の単行本も長く絶版となっていたのだが、二〇一五年には平凡社ライブラリーとして復刊していただき、二〇一〇年代における世間さまのボーイズ・ラブへの関心の高まりを痛感している。

訳者の富士正晴（一九一三年～一九八七年）は徳島出身の詩人、小説家で、没した大阪府茨木市に記念館がある。『桂春団治』で毎日出版文化賞（一九六八年）、上方落語研究でも知られる上方文化に通じた文人であったため、西鶴の現代語訳にも適任であり、同じ『現代語訳　日本の古典17　井原西鶴集』の訳者にはほかに、里見弴、吉行淳之介ら、錚々たる作家が名をつらねている。ただし、富士訳では『男色大鑑』の全文が訳されているわけではない。『男色大鑑』は全八巻、各巻五話の構成で、武家の男色、歌舞伎若衆の男色を中心に、一般市民の男色風俗を含めて様々な逸話が描かれ、さながら男色百科事典的趣きを呈しているものの、武家の男色は三角関係のもつれによる心中や切腹、歌舞伎若衆の男色は、容色が衰えた後の出家や役者の苦労話と、一定のパターンがみられるため、類話を省き、ほかに収録されている西鶴の五作品とのバランスをとったかと思われる。

「男色」やBLへの社会的関心は、軌を一にして高まっているかにみえるLGBTQ（レズビアン、ゲイ、バイセクシュアル、トランスジェンダー、クィア、クエスチョニング）の権利主張の運動と混同されかねないが、両者は厳密には似て非なるものである。江戸時代の一般的な「男色」は、現代社会でいうLGBTQとは実質が異なるからである。『男色大鑑』には若衆と念者という用語が登場するが、若衆は元服前の少年、念者は元服後の成人男性をさし、男色のカップルは基本的にこの両者の関係で成立する。つまり、おじさんと美少年、この組み合わせが男色の王道なのである。

おじさんが美少年をかわいがるのだから、現代でいうセクハラ的関係もある。でも江戸時代は身分社会だから、身分が上の殿様には逆らえない。それは本当の男色ではない、身分を越えた恋こそがまことの男色だ！　そう信じて、殿様以外の恋人を作って殺されてしまうけなげな少年も『男色大鑑』には描かれる。実は、江戸以前の日本社会で、男色は一般的な習慣であった一方、近世の武家社会においては、秩序維持のために男色は禁止もされたという矛盾した状況であった。ゆえに、男色は「禁じられた恋」のモチーフとしても物語化しやすかったのである。とはいえ、この「禁じられた」という意味は、性倒錯という意味ではなく、あくまでも武家社会の秩序維持という近代とは違う意味であったことに注意したい。

『男色大鑑』には若衆どうしのカップルも描かれるのだが、若衆については特に、美少年であることが強調される。物語的美化という面もあるが、美貌は江戸時代の男色には欠かせないものであった。歌舞伎役者も武家の少年も、しつこいほどに美、美、美……。だからこそ、ビジュアル重視のBL漫画の素材にもなりやすい。

　まあ、眺めているだけなら読者には楽しいのであるが、当時の美少年の側からみれば、逆に、美貌（びぼう）が衰えたときの見捨てられ方も容赦ないので、厳しい時代ではあった。少年美の盛りを過ぎた男子には、散った後の葉桜の無残さ、欠けた月、と西鶴も厳しい言葉を投げかけている。したがって、美貌を誇る少年たちの物語的末路は、恋に殉じての切腹や、この世の無常をはかなんでの出家という形である。美少年の長生きは、物語的に許されないのである。

　珍しく男どうしで白髪になるまで添い遂げたカップルも、『男色大鑑』には描かれており（第四巻）、「これこそがカップルの鑑（かがみ）である」と讃えられてはいるものの、あくまでも当時としては例外的扱いである。成人男性と少年、特に美少年の組み合わせとしての日本の「男色」は、古代ギリシアの「少年愛」（pederasty）に近く、似たような美意識はトーマス・マン『ヴェニスに死す』（一九一二年）のアッシェンバッハとタッジオ、クリストファー・ハンプトン『太陽と月に背いて』（一九六八年）のヴェルレーヌとランボーの関係にもみられる。いずれも映画化されており、芸術的感性と美少年愛とが融合している。その背景には、女性との結婚や家族の形成よりも、美的感性を磨く少年愛のほうが高尚であるという価値観がある。こうした人間観を遡（さかのぼ）れば、古くはギリシア哲学のプラトン的愛情にゆきつく。『男色大鑑』が描く境地は、日本の歴史特有のものではなく、実はグローバルな広がりをもつ人間観なのである。『男色大鑑』が一貫して、女性を醜く価値の低い存在として露骨に蔑視するのはそのためである。冒頭の第一巻では、実に二十三項目にわたって女性と少年（成人男性ではないところが重要）を対比し、すべてにおいて無根拠かつ堂々と少年を優位におい ており、最終の第八巻においても、容姿、家庭環境とも、申し分ない女性を散々ほめちぎっておいてから、それでも少年にはかなわないと結局は思い切り女性を貶めている。女性嫌悪と蔑視の姿勢は全篇を通じて一切ぶれることなく、偽善的女性賛美よりはむしろすがすがしいほどである。

西鶴自身が、かくも極端な女性蔑視思想を抱いていたというよりも、女性の軽蔑は当時、ほかにも多く書かれていた男色、女色の優劣論に一般的にみられるものであり、西鶴独自の筆致ではない。日本の歴史上、女人禁制の僧坊、武家社会、歌舞伎は男性中心に構成された「ホモソーシャル」（男性だけの社会）な世界であるため、男子だけの空間で女性的な美少年が恋の対象になるというモチーフは、少年愛漫画の古典というべき萩尾望都『トーマの心臓』（一九七四年）や竹宮惠子『風と木の詩』（一九七六～一九八四年）にも共有されているのである。

男性の「ホモソーシャル」という概念は、女性嫌悪と同性愛嫌悪によって特徴づけられるという誤解が一部にあるが、拙著『男の絆の比較文化史』（二〇一五年）でも述べたように、それは正しくない。「ホモソーシャル」という学術的概念を日本に普及した源であるイヴ・K・セジウィックが、「ホモソーシャル」と「ホモセクシュアル」は切れ目のない連続体であり、両者の境界は限りなく灰色であると『男同士の絆』(上原早苗、亀澤美由紀訳二〇〇一年)の序で明言しているとおり、歴史的事実としては、男性の「ホモソーシャル」な空間こそが男性どうしの恋愛と性愛の温床となったのであり、『男色大鑑』はその事実を赤裸々に伝えている。

　江戸時代の「男色」は、前述のように、特定の相手と永続的関係を結ぶ結婚というパートナーシップとは全く別物とみなされており、当時の男たちは、結婚は家の存続、子孫の確保のために(仕方なく)女性とするが、恋の醍醐味は美少年と味わうという認識をもっていた。実生活とは関係ない次元で、享楽的な恋の相手をさがすのであれば、男もイケメンを求めるのであり、当時の男色趣味の男たちには、現代のLGBTQの当事者のようにパートナーシップの制度的権利を求める発想はなかった。ゆえに、『男色大鑑』の内容は現代のジェンダー平等やLGBTQの権利主張には直結しないが、だからこそ、非現実的ファンタジーとして、ビジュアル的快楽として受けとめられているともいえる。少女漫画が描いてきた少年愛、同性愛について、現代社会における男性同性愛の当事者から、当事者を無視した表現であるとの批判があったように、男色の当事者の誰もが美貌であるわけではなく、芸術的才能に優れているわけでもない。それは、どんな恋愛でも同じことである。しかし、江戸時代の男たちにとって、男色趣味は現世を忘れる美的世界への陶酔であり、妻子がいても自宅に帰りたがらない現代のフラリーマンが夜の街を彷徨うかのような、一種の現実逃避であったともいえよう。BL漫画は結婚や出産という女性に課される役割から女性読者を解放するファンタジーとしての意味を持つが、江戸時代に西鶴を読んだ男性読者も、美少年ファンタジーを楽しむことで、家の継承や子孫繁栄という「家長」としてのプレッシャーから刹那的にでも〝自由〟になりたかったのであろう。女性であれ男性であれ、いつの時代であれ、「憂世」を生きるには苦労がつきものである。

　現代社会のジェンダー平等の対極としての側面も含んでいるとはいえ、日本神話の最初の神々は「衆道」の根源を表しており、男色はやんごとない人の「道」なのであるという『男色大鑑』書き出しの主張は、現代の当事者にも一種のエンパワメントになるかもしれない。神は人間を超越した存在のはずであるから、現世の人間の性別をあてはめるのはおかしいという理屈も、ユーモラスな文体のなかに、宗教への根源的問いを含んでいる。実際、日本神話における最初の三代の神々（「造化三神」）はジェンダーレスであったという解釈もあり、性の二分法を相対化しようとする現代のXジェンダーの発想にも近い。四代目に女性と男性の神々が誕生してから生殖行為が始まり、世の中が騒がしくなったという西鶴流のユーモアは、現代もありがちな生殖＝生産性という人間観に堂々と疑義を呈している。

女性蔑視は西鶴流の誇張やしゃれとして受け流し、美少年のいちゃいちゃや、命をかけた〝純愛〟を、ファンタジーとして楽しもうじゃありませんか、という姿勢が、現代の余裕ある女性読者の思いであろう。西鶴の時代には、男どうしの恋は社会的実践であったが、現代の女性読者にとって、それはまさに過去の美しい物語である。ドイツやフランスの男子校を舞台に、大御所の少女漫画家たちが美少年の恋を描いたとき、海外の男子校は当時の読者にとってはまだ異世界であった。しかし、格安航空券も普及し、海外旅行も一般化した現代の読者にとっては、江戸こそが神秘的〝夢の国〟であり、『男色大鑑』は女性による女性のための新鮮なBLファンタジーとして二十一世紀に〝再発見〟されたのである。

さんざん見下していた〝女ども〟の鑑賞の的にされるとは、と江戸の男たちはあの世で悔しがっているかもしれないが、長い表象の歴史において、顔面偏差値重視で〝見られる客体〟に甘んじがちであった女性たちは、今やBLファンタジーにより〝見る権利〟という視覚的快楽を獲得することで、見事に数百年来のリベンジを果たしたのである。

佐伯順子（同志社大学大学院教授）

一、本書は、一九七九年に河出書房新社より刊行された『現代語訳 日本の古典17 井原西鶴集』から富士正晴の現代語訳「男色大鑑」を抜粋のうえ再構成した。注釈は池田弥三郎作成のものを同書より掲載した。
一、構成は、第一巻〜第四巻を「武士編」、第五巻〜第八巻を「歌舞伎若衆編」とした。
一、底本記載のものに加え、難読と思われる語には、改めて振り仮名を付した。
一、本文中の〔 〕は、訳者注である。

本文中には、「めくら」「いざり」「非人」など、今日の人権意識や歴史認識に照らして不当・不適切な表現があります。

「非人」は徳川幕藩体制下で確立した封建的身分制度により発生し、身分・職業・居住を強制・固定化された人々に対する蔑称のひとつです。近代社会においても、当該蔑称に根差した差別により、多くの人々やその家族が人間の尊厳や市民的権利を不当に侵害され続けてきた歴史に、編集部として深い遺憾の意を表するものです。

本書には「非人」の記述がありますが、扱っている題材の時代的状況を正しく理解するためにも、底本のままとしました。

# 男色大鑑(なんしょくおおかがみ)

井原西鶴(いはらさいかく)　富士正晴(ふじまさはる)＝訳

令和元年 11月25日　初版発行
令和６年 12月15日　７版発行

発行者●山下直久

発行●株式会社KADOKAWA
〒102-8177　東京都千代田区富士見2-13-3
電話　0570-002-301（ナビダイヤル）

角川文庫 21923

印刷所●株式会社KADOKAWA
製本所●株式会社KADOKAWA

表紙画●和田三造





ISBN 978-4-04-400492-7　C0193

# 角川文庫発刊に際して

角川源義

第二次世界大戦の敗北は、軍事力の敗北であった以上に、私たちの若い文化力の敗退であった。私たちの文化が戦争に対して如何に無力であり、単なるあだ花に過ぎなかったかを、私たちは身を以て体験し痛感した。西洋近代文化の摂取にとって、明治以後八十年の歳月は決して短かすぎたとは言えない。にもかかわらず、近代文化の伝統を確立し、自由な批判と柔軟な良識に富む文化層として自らを形成することに私たちは失敗して来た。そしてこれは、各層への文化の普及滲透を任務とする出版人の責任でもあった。

一九四五年以来、私たちは再び振出しに戻り、第一歩から踏み出すことを余儀なくされた。これは大きな不幸ではあるが、反面、これまでの混沌・未熟・歪曲の中にあった我が国の文化に秩序と確たる基礎を齎らすためには絶好の機会でもある。角川書店は、このような祖国の文化的危機にあたり、微力をも顧みず再建の礎石たるべき抱負と決意とをもって出発したが、ここに創立以来の念願を果すべく角川文庫を発刊する。これまで刊行されたあらゆる全集叢書文庫類の長所と短所とを検討し、古今東西の不朽の典籍を、良心的編集のもとに、廉価に、そして書架にふさわしい美本として、多くのひとびとに提供しようとする。しかし私たちは徒らに百科全書的な知識のジレッタントを作ることを目的とせず、あくまで祖国の文化に秩序と再建への道を示し、この文庫を角川書店の栄ある事業として、今後永久に継続発展せしめ、学芸と教養との殿堂として大成せんことを期したい。多くの読書子の愛情ある忠言と支持とによって、この希望と抱負とを完遂せしめられんことを願う。

一九四九年五月三日

# 角川ソフィア文庫ベストセラー

# 角川ソフィア文庫ベストセラー

# 角川ソフィア文庫ベストセラー

## 今昔物語集
ビギナーズ・クラシックス　日本の古典
編／角川書店

インド・中国から日本各地に至る、広大な世界のあらゆる階層の人々のバラエティーに富んだ日本最大の説話集。特に著名な話を選りすぐり、現実的で躍動感あふれる古文が現代語訳とともに楽しめる！

## 平家物語
ビギナーズ・クラシックス　日本の古典
編／角川書店

一二世紀末、貴族社会から武家社会へと歴史が大転換する中で、運命に翻弄される平家一門の盛衰を、叙事詩的に描いた一大戦記。源平争乱における事件や時間の流れが簡潔に把握できるダイジェスト版。

## 徒然草
ビギナーズ・クラシックス　日本の古典
吉田兼好
編／角川書店

日本の中世を代表する知の巨人・吉田兼好。その無常観とたゆみない求道精神に貫かれた名随筆集から、兼好の人となりや当時の人々のエピソードが味わえる代表的な章段を選び抜いた最良の徒然草入門。

## おくのほそ道（全）
ビギナーズ・クラシックス　日本の古典
松尾芭蕉
編／角川書店

俳聖芭蕉の最も著名な紀行文、奥羽・北陸の旅日記を全文掲載。ふりがな付きの現代語訳と原文で朗読にも最適。コラムや地図・写真も豊富で携帯にも便利。風雅の誠を求める旅と昇華された俳句の世界への招待。

## 古今和歌集
ビギナーズ・クラシックス　日本の古典
編／中島輝賢

春夏秋冬や恋など、自然や人事を詠んだ歌を中心に編まれた、第一番目の勅撰和歌集。総歌数約一一〇〇首から七〇首を厳選。春といえば桜といった、日本的美意識に多大な影響を与えた平安時代の名歌集を味わう。

# 角川ソフィア文庫ベストセラー

## 伊勢物語
ビギナーズ・クラシックス　日本の古典
編／坂口由美子

雅な和歌とともに語られる「昔男」（在原業平）の一代記。垣間見から始まった初恋、天皇の女御となる女性との恋、白髪の老女との契り——。全一二五段から代表的な短編を選び、注釈やコラムも楽しめる。

## 土佐日記（全）
ビギナーズ・クラシックス　日本の古典
紀　貫之
編／西山秀人

平安時代の大歌人紀貫之が、任国土佐から京へと戻る旅を、侍女になりすまし仮名文字で綴った紀行文学の名作。天候不順や海賊、亡くした娘への想いなどが、船旅の一行の姿とともに生き生きとよみがえる！

## うつほ物語
ビギナーズ・クラシックス　日本の古典
編／室城秀之

異国の不思議な体験や琴の伝授にかかわる奇瑞などの浪漫的要素と、源氏・藤原氏両家の皇位継承をめぐる対立を絡めながら語られる。スケールが大きく全体像が見えにくかった物語を、初めてわかりやすく説く。

## 和泉式部日記
ビギナーズ・クラシックス　日本の古典
和　泉　式　部
編／川村裕子

為尊親王の死後、弟の敦道親王から和泉式部へ手紙が届き、新たな恋が始まった。恋多き女、和泉式部が秀逸な歌とともに綴った王朝女流日記の傑作。平安時代の愛の苦悩を通して古典を楽しむ恰好の入門書。

## 更級日記
ビギナーズ・クラシックス　日本の古典
菅原孝標女
編／川村裕子

平安時代の女性の日記。東国育ちの作者が京へ上り憧れの物語を読みふけった少女時代。結婚、夫との死別、その後の寂しい生活。ついに思いこがれた生活を手にすることのなかった一生をダイジェストで読む。

# 角川ソフィア文庫ベストセラー

# 角川ソフィア文庫ベストセラー

ビギナーズ・クラシックス 日本の古典
## 御堂関白記 藤原道長の日記
藤原道長
編／繁田信一

王朝時代を代表する政治家であり、光源氏のモデルとされる藤原道長の日記。わかりやすい解説を添えた現代語訳で、道長が感じ記した王朝の日々が鮮やかによみがえる。王朝時代を知るための必携の基本図書。

ビギナーズ・クラシックス 日本の古典
## とりかへばや物語
編／鈴木裕子

女性的な息子と男性的な娘をもつ父親が、二人の性を取り替え、娘を女性と結婚させ、息子を女官として女性の東宮に仕えさせた。二人は周到に生活していたが、やがて破綻していく。平安最末期の奇想天外な物語。

ビギナーズ・クラシックス 日本の古典
## 梁塵秘抄
後白河院
編／植木朝子

平清盛や源頼朝を翻弄する一方、大の歌謡好きだった後白河院が、その面白さを後世に伝えるために編集した歌謡集。代表的な作品を選び、現代語訳して解説を付記。中世の人々を魅了した歌謡を味わう入門書。

ビギナーズ・クラシックス 日本の古典
## 西行 魂の旅路
編／西澤美仁

平安末期、武士の道と家族を捨て、ただひたすら和歌の道を究めるため出家の道を選んだ西行。その心の軌跡を、伝承歌も含めた和歌の数々から丁寧に読み解く。桜を愛し各地に足跡を残した大歌人の生涯に迫る！

ビギナーズ・クラシックス 日本の古典
## 堤中納言物語
編／坂口由美子

気味の悪い虫を好む姫君を描く「虫めづる姫君」をはじめ、今ではほとんど残っていない平安末期から鎌倉時代の一〇編を収録した短編集。滑稽な話やしみじみした話を織り交ぜながら人生の一こまを鮮やかに描く。

# 角川ソフィア文庫ベストセラー

ビギナーズ・クラシックス 日本の古典
**小林一茶**
編／大谷弘至

身近なことを俳句に詠み、人生のつらさや切なさを作品へと昇華させていった一茶。古びることのない俳句の数々を、一茶の人生に沿ってたどりながら、やさしい解説とともにその新しい姿を浮き彫りにする。

ビギナーズ・クラシックス 日本の古典
**雨月物語**
上田秋成
編／佐藤至子

幽霊、人外の者、そして別の者になってしまった人間が織りなす、身の毛もよだつ怪異小説。現代の文章にはない独特の流麗さをもつ筆致で描かれた珠玉の9篇を、易しい訳と丁寧な解説とともに抜粋して読む。

新版 **落窪物語**（上、下）
現代語訳付き
訳注／室城秀之

『源氏物語』に先立つ、笑いの要素が多い、継子いじめの長編物語。母の死後、継母にこき使われていた女君。その女君に深い愛情を抱くようになった少将道頼は、継母のもとから女君を救出し復讐を誓う――。

**源氏物語**（全十巻）
現代語訳付き
紫式部
訳注／玉上琢彌

一一世紀初頭に世界文学史上の奇跡として生まれ、後世の文化全般に大きな影響を与えた一大長編。寵愛の皇子でありながら、臣下となった光源氏の栄光と苦悩の晩年、その子・薫の世代の物語に分けられる。

**新古今和歌集**（上、下）
訳注／久保田淳

「春の夜の夢の浮橋とだえして峰に別るる横雲の空　藤原定家」「幾夜われ波にしをれて貴船川袖に玉散る物思ふらむ　藤原良経」など、優美で繊細な古典和歌の精華がぎっしり詰まった歌集を手軽に楽しむ決定版。

# 角川ソフィア文庫ベストセラー

**方丈記** 現代語訳付き
鴨 長明
訳注／簗瀬一雄

社会の価値観が大きく変わる時代、一丈四方の草庵に遁世して人世の無常を格調高い和漢混淆文で綴った随筆の傑作。精密な注、自然な現代語訳、解説、豊富な参考資料・総索引の付いた決定版。

**無名抄** 現代語訳付き
鴨 長明
久保田淳＝訳

宮廷歌人だった頃の思い出、歌人たちの世評――従来の歌論とは一線を画し、説話的な内容をあわせ持つ。鴨長明の人物像を知る上でも貴重な書を、中世和歌研究の第一人者による詳細な注と平易な現代語訳で読む。

**新版 百人一首**
訳注／島津忠夫

藤原定家が選んだ、日本人に最も親しまれている和歌集「百人一首」。最古の歌仙絵と、現代語訳・語注・鑑賞・出典・参考・作者伝・全体の詳細な解説などで構成した、伝素庵筆古刊本による最良のテキスト。

**新版 徒然草** 現代語訳付き
兼好法師
訳注／小川剛生

無常観のなかに中世の現実を見据えた視点をもつ兼好の名随筆集。歴史、文学の双方の領域にわたる該博な知識をそなえた訳者が、本文、注釈、現代語訳のすべてを再検証。これからの新たな規準となる決定版。

**官能小説の奥義**
永田守弘

読者の性欲を刺激し、淫心をかき立ててきた官能小説。先人たちは苦労して、読者の妄想を逞しくさせる官能用語を編み出した。花弁・マグロの赤味・熱帯・秘境……作家たちの豊潤で奥深い日本語の世界に迫る。